VICE

DU MÊME AUTEUR

FUCK, Grasset, 1991.
ANNE FRANK 2 : LE RETOUR !, Grasset, 1994.
NEUILLY BRÛLE-T-IL ?, Grasset, 1997.
UPTOWN, Florent Massot, 1997.
TOPODOCO !, roman pour hommes, Grasset, 1998.
MOI ET "BOBBY MCGEE", Grasset, 2003.
MAURICE LE SIFFLEUR, Grasset, 2006.
LES ARNAQUEURS AUSSI, Grasset, 2007.
EN AMÉRIQUE, Grasset, 2009.
UN MEC SYMPA, Grasset, 2009.
BONUS, Grasset, 2010.
KIF, Grasset, 2014.
ELMORE LEONARD, UN MAÎTRE À ÉCRIRE, Rivages, 2015.
VIP, Grasset, 2017, prix Arsène Lupin.
VNR, Grasset, 2018.

www.facebook.com/laurentchalumeaupro

LAURENT CHALUMEAU

VICE

roman

BERNARD GRASSET
PARIS

Couverture : Mint Images © Andia

ISBN 978-2-246-82469-5

"Tu sais quoi ? Je réalise, dans ma vie, je ne me suis encore jamais fait de cow-boy. Un vrai, je veux dire. Les mythos à chapeau, ça, comme tu sais, j'ai eu. Mais cow-boy pour de vrai, pas juste devant le miroir, ça, non."

C'est la chanson que diffuse la sono du salon où elle est en train de se faire épiler qui l'a fait penser à ça : Willie Nelson et un autre, le nom lui échappe sur le moment, s'y demandent s'il "*reste encore de* real cowboys. *Pas ceux qui reniflent de la cocaïne après la fermeture des beuglants*".

Leslie, esthéticienne devenue "slash/copine" à force de cire tartinée au plus intime, dit, "Ben voilà. Ça te fait un objectif pour la saison".

"Je vais pas non plus traîner aux abords des marchés aux bestiaux."

"Tu serais pas la première. En même temps, là, l'autre fois, au rodéo, t'en avais, du cow-boy. Aucun qui t'a draguée ?"

"Si, si. Il y a eu."

“Et ?”

“Et, chais pas… Chaque fois, un truc, un autre, au final, pas conclu.”

“Alors pardon. Quatre jours à voir des types se faire tèje d’un taureau sans au moins t’en taper un ou deux au passage, tu me diras l’intérêt.”

“Je sais. Mais là, ça n’a pas voulu faire. Le ‘*real cowboy*’ manque toujours à ma collection.”

Leslie dit, “Note, eux, au moins, en principe, pas besoin de les ‘reviriliser’.”

“Comment ça ?”

“T’as pas lu, ce matin ? A Vegas, là, le stage pour rebooster les mecs émasculés par le ‘pouvoir féministe’.”

Leslie attrape l’édition du jour du quotidien local posée sur la tablette, trouve l’article et le lui tend. “J’ai lu ça, j’ai halluciné.” “Ils ont deux stages. Un pour les filles, un pour les garçons. Dans les deux cas, je te dis pas les malades.” Elle lit. Effectivement. C’est raide : “*Des masculinistes proposent une formation payante à des femmes désireuses d’augmenter leur féminité de 500 %…* Make women great again… *Femmes, récupérez la féminité que les féministes vous ont volée. Refusez le lavage de cerveau féministe qui va contre votre nature biologique.*”

“Après, t’as vu les ‘conseils’ ? ‘*Porter du rose ou des couleurs féminines, avoir les cheveux longs, porter des talons, se faire épiler.*’ Ah ben voilà ! C’est bon pour ton business, ça.”

“Tais-toi. Ça me rend malade. Dans les conseils, il y a ‘ne pas faire d’études car ça fait fuir les mecs’. Je te jure, des cons pareils, t’as envie de dire aux meufs de tout laisser pousser et vive le poil aux pattes et les chattes de guenons.”

“Girl, t’es extrême, là.”

“Ça me foutrait sur la paille, mais juste pour faire chier ces connards.”

Elle lit la suite à haute voix : “‘*Les hommes préfèrent les vierges sans dettes et sans tatouages.*’ Dettes, donc, *meaning* ‘prêt étudiant’. Ça n’est pas l’argent, le problème. C’est que la fille aille à la fac. Ah oui mais dis, *deux mille* dollars, quand même, le ‘séminaire’. Tu saurais me dire quelle meuf va lâcher deux mille thunes pour entendre ces conneries. Vraiment qu’elle soit desperate la pauvre fille.”

“En plus, je sais pas si t’as vu, les ‘experts’, la brochette. Comme si c’était le genre à qui tu rêvais de plaire.”

“*Avant l’événement réservé aux femmes, une conférence de trois jours sera organisée dans le but de* ‘créer un avenir positif pour les hommes, les garçons et les pères, et détruire l’establishment féministe’.” Elle ne croit pas ce qu’elle s’entend lire : “‘*Le viol est une forme de sexualité naturelle. Regardez les lions… La femme est au service de votre plaisir sexuel, sur Terre pour vous satisfaire. Au lit, elle doit vous obéir…*’”

Elle repose le journal pour adopter une position propice à ce que Leslie lui fasse l'arrière. Tout en opérant, Leslie dit : "Tu te demandes, mais putain, mais qu'est-ce qu'on leur a fait ? C'est de les avoir mis au monde qu'ils pardonnent pas ?"

"Dans l'article, t'en as un qui explique : c'est une 'compensation'. L'orgasme des femmes est plus puissant, donc c'est normal qu'ils soient dédommagés. Les femmes sont initiées à la puissance. Du coup, eux, ils confisquent le pouvoir. C'est tordu ça ou pas ?"

Leslie hausse les épaules et répond à côté. "Note, ça se trouve, pas de regrets à avoir. Peut-être, au pieu, un cow-boy, c'est bourrin."

"*Cowboys are horsey* ? Meuf, t'es un baril de rire."

"Sérieux. Je les vois vigoureux, endurants, mais pas créatifs."

"Tu ne crois pas plutôt qu'ils savent y faire pour te ficeler et bien rester en selle si tu te mets à ruer ?"

"Après c'est moi qui fais des jeux de mots chelous."

"Tant qu'ils ne te marquent pas le logo de leur ranch sur la fesse au fer rouge..."

"*Girl. Stop it!*"

Willie Nelson et, ça y est, ça lui est revenu, Neil Young, Willie et Neil Young, sont en train de conclure et dire que les vrais cow-boys ne disparaîtront jamais. Leslie lui tape la fesse et dit, "Voilà. Toute lisse. Je te laisse te rhabiller". Ayant dit ça, elle sort de la cabine.

Et donc, pas eu de cow-boy, non, pendant les *Frontier Days* de Cheyenne, Wyoming.

Mais pas non plus qu'elle n'a croisé personne.

For there has been this guy…

Alors, non. Du tout.

Ce ne fut pas l'"amour" éprouvé, dans la transe sidérée, dès le "premier coup d'œil", car ce ne fut pas en ces termes que cela se formula. Mais, quand bien même ils n'en prirent la pleine mesure qu'ensuite, il n'en demeure pas moins : "*at first sight*", donc, ce soir-là, pour l'un comme pour l'autre, il se "passa quelque chose". Un de ces chambardements sournois et extasiants dont les intéressés, ensuite, une fois déclarées les flammes réciproques, ne se lassent jamais de ressasser le récit maniaque, circonstancié, vétilleux, chaque poussière de détail devenue liturgie, tant est magique, divin et à jamais mystérieux cet instant, ce big bang, cette nanoseconde où l'étincelle produite par deux silex frottés fait grésiller, puis s'embraser, la mousse séchée de notre narcissisme, mélangée aux brindilles de la peur de mourir.

Donc non.

Ce ne fut pas au premier regard l'amour coup de foudre, la "collusion inconsciente", l'"effet miroir" instantané ou l'immédiat "emboîtement de deux névroses complémentaires", non plus les productions d'hormones et molécules propitiatoires dont nous parlent les experts darwinistes, les chimistes dupes de rien, les psychiatres endurcis, tous les sceptiques finauds à qui l'"amour", n'est-ce pas, ne parvient pas à la faire. L'"amour" ? Allons bon ! Et puis quoi ? Tss-tss. S'il vous plaît. Pas de ça chez eux. Pas folles, nos guêpes, pardon ! Ni nées de la dernière pluie.

Mais pour le moins et ne leur déplaise, ce soir-là, par tous deux, "quelque chose" d'inattendu fut tout de même conjointement éprouvé. Quelque chose d'agréable. D'assez diffus, toutefois, et furtif pour que "sur le moment" (toujours le même), aucune sirène d'alerte ne retentisse intérieurement. Sans se douter, les mal – ou bien – heureux, insouciants, innocents, aveugles, ils se laissèrent docilement, benoîtement, porter par la suite de la soirée.

Et ainsi de suite le lendemain.

Et puis le surlendemain.

Tant et si bien, ma foi, qu'à ce rythme et à force, le jour *encore* d'après, pas s'étonner, c'était fait. La messe dite, score plié. Quand bien même l'un et l'autre l'ignoraient-ils encore, en attendant, voilà, les carottes étaient cuites : soit dit sans finasser ni faire des tours de pot, sans encore le savoir, l'un et l'autre, l'un *de* l'autre, ils étaient donc *épris*.

Epris. Eh oui. Voilà. Ces choses adviennent. La preuve.

Ne restait plus alors qu'à en prendre conscience et à se l'exprimer.

Ce qui, on a beau dire, si on doit être honnête, sait parfois exiger plus de temps et se révéler moins simple qu'on ne pourrait le croire.

Le chiffre n'a aucune importance, mais citons-le : ils s'étaient vus en tout et pour tout cinq fois. Chacune avec profusion de gens autour.

D'abord, comme de juste pour une "première fois", le premier soir, après les épreuves de la journée d'ouverture des *Frontier Days*, le grand rodéo annuel de Cheyenne, dans le Wyoming.

Elle y accompagne sa copine Linda-Mae. Linda-Mae Bullock, engagée dans les épreuves de *barrel racing*. Comme bien d'autres cavalières, Linda-Mae ne demanderait pas mieux que d'enfourcher des chevaux sauvages ou des taureaux furieux, mais les règlements de la *Professional Rodeo Cowboys Association* s'entêtent à cantonner les concurrentes à du slalom chronométré entre des grosses barriques.

Elle est donc là pour donner un coup de main avec les chevaux. "Et puis", a dit Linda-Mae quand elle lui a proposé de l'emmener, "comme on partage la chambre, tu m'empêcheras de faire n'importe quoi le soir. Surtout si j'ai gagné un truc deux heures avant". Pas de risque après cette première journée, Linda-Mae ayant plutôt contre-performé dans l'après-midi. Il faudra faire mieux dans les trois jours qui viennent. Mais, décidée à ne pas se laisser abattre, Linda-Mae dit, "Ça te dit, Trace Atkins ? C'est Terri Clark en première partie" – tous les soirs, après les épreuves, l'hippodrome de 19 000 places devient une arène de spectacle et des vedettes de country se produisent sur une scène géante. Ce soir, la double affiche ne la tente pas plus que ça. Linda-Mae dit, "Alors, viens on va rejoindre les filles" – d'autres concurrentes du rodéo, et là, avec "les filles", il y a ce photographe qui justement leur colle aux basques et les shoote tout ce qu'il peut pour *Sports Illustrated* ou le supplément dominical du *New York Times*, sur le moment elle ne fait pas gaffe. Le type est sympa, un peu plus âgé qu'elles toutes et, en dépit de trente ans de résidence aux Etats-Unis, conserve un reste d'accent british, exotique juste ce qu'il faut, ni trop prout prout à la *Downton Abbey*, ni impigeable comme le cockney ou certains Irlandais, Gallois ou Ecossais. Bref, ce premier soir, le plan de table improvisé les dispose l'un face à l'autre et ils passent un bon moment.

Le lendemain, aux paddocks, elle assiste Linda-Mae tandis qu'il déambule pour prendre ses photos. Ils se croisent, s'aperçoivent, échangent juste un salut de loin.

Mais le soir, au concert d'Ashley Monroe que, pour le coup, elle ne raterait sous aucun prétexte, ils se retrouvent, lui le rang juste au-dessus d'elle dans les gradins – le hasard, tout de même, quel luron ! Et plus tard, au *diner*, toujours avec la même bande, sans rien faire pour, cela va de soi, les voilà malgré tout, sans calcul, mais sans hésitation non plus, assis à la même table. Oui : de nouveau face à face. Encore vous, lui dit-elle. Avec un grand sourire pour que surtout il ne change pas de place.

Le jour suivant, rien de fortuit à ce qu'ils se côtoyassent, puisqu'il a demandé – tiens donc – à prendre des photos de Linda-Mae tout au long de la journée. Et plus tard, au dîner, rebelote : la même table, sans avoir besoin d'y penser, mais ce coup-ci, pas en face. Non. Côte à côte, pour changer.

Chaque fois, ils auront beaucoup parlé. Rien d'équivoque ni d'intime. Juste parlé, parlé et ri. Par moments, malgré tout, assez seuls au monde, totalement oublieux de ce qui les entourait. Mais sans en prendre conscience dans l'instant.

Enfin, le jour du départ, Linda-Mae, qui enchaîne avec une autre compétition dans l'Idaho, file de son côté dans le camion avec les deux chevaux. Du coup, elle, elle profite d'une place libre à l'arrière du même SUV que lui pour rejoindre Denver International. Cet inopiné lui semble couler de source et, en dépit de la présence dans le véhicule d'un couple logé dans le même hôtel que lui, provoque une satisfaction qu'elle goûte sans alors mesurer qu'elle est beaucoup trop vive pour n'être qu'innocente.

Une fois restituée la voiture de location, il se trouve que les guichets United et Southwest sont placés dos à dos dans la même extrémité du *level 6* du terminal. Son vol à lui pour New York/La Guardia est appelé avant le sien. Il prend congé. Sans plus d'effusion que ça. Il y a des gens autour.

Ce n'est qu'une fois seule avec elle-même, installée dans le Boeing à destination de Giraud, New Mexico, après un *stop over* à Albuquerque, qu'elle se rend enfin compte. Car là, ça lui fait un peu comme dans les films, après une scène de fusillade confuse, la poussière se dissipe : tous les méchants sont à terre ou en fuite et nos héros sont, eux, au complet et toujours debout, intacts. Ouf. On a eu chaud. S'en est fallu de peu. Quoique. A y regarder de plus près, intacts, pas complètement. Tiens, regarde, l'un d'eux soulève le pan de sa veste et là, découvre une vilaine blessure. Sur le moment, l'adrénaline aidant, il n'a même pas senti la balle traverser sa bidoche et saccager le viscère. Ça ne l'a pas empêché de canarder de plus belle comme si de rien n'était tant qu'il aura fallu. Mais, à présent c'est flagrant, il a bel et bien été touché.

Et donc, elle, là, ma foi, tandis que l'avion la rapatrie dans son coin de désert, on serait tenté de dire : pareil. Elle sent ce truc dans sa tripe, dans sa tête, dans son cœur et regarde. C'est bien ça. *Elle saignote. Elle a deux traits rouges au côté droit.* Deux trous d'amour (que du coup, on verrait mieux à gauche, puisque c'est de ce côté-là qu'est accroché le cœur, mais *Le Dormeur du Val* est très clair sur ce point : c'est à droite que les trous sont). Deux balles ou, comme vous préférez, deux flèches de Cupidon. *Love one-two punch.* Pourquoi deux ? Pour le plaisir de l'allusion. Oui, parce qu'un trou, une flèche suffirait amplement. Deux, c'est de l'*overkill.* Du gâchis, presque.

Première étonnée, elle se sent sourire le cœur, attendri de lui-même. Trop mignon. Se dit que ça lui passera. Demain elle n'y pensera déjà plus.

C'est qu'elle a fort à faire, par ailleurs, en ce moment, sans s'égarer ainsi en engouements oiseux. Mais, à l'inverse et au passage, c'est agréable, aussi, d'éprouver par surprise, comme ça, fût-ce fugacement, sans conséquence, quelque chose de léger et joli à la fois.

Ces jours-ci ça la change.

Donc ils auront parlé. Parlé, parlé. "Parlé", à la bonne heure – juste, de quoi, grands dieux ? De quoi ? De tout. De rien. De ce dont on parle avec un inconnu avec qui "le courant passe". On parle sans savoir ce qu'on va dire, sans sujet préconçu. On laisse couler. C'est doux. Naturel. Apaisant.

Donc parlé. Et bien embarrassée de se rappeler de quoi.

Un moment, forcément, il y eut l'inévitable séquence généalogique. L'inventaire des différents sangs qui irriguent son métissage et compliquent son état civil. D'ordinaire, le simple fait de dire son nom, c'est se trouver contrainte de raconter sa vie.

En même temps, quand on a la chance ou le malheur de s'appeler Esperanza Running-Wolf-Carver… Pas s'étonner que ça requière parfois quelques explications.

"Esperanza ?" Oui. En mémoire de ma grand-mère chilienne. Maternelle. Non, ma mère est née aux Etats-Unis. Moi aussi. Running-Wolf ? Ah, Running-Wolf, ça, donc, c'est du côté de mon père. Enfin, pas depuis très longtemps. Ça remonte à la fin du XIXe siècle. En les parquant dans les réserves de Badger-Two Medicine ou East Glacier, dans le Montana, l'administration fédérale a recensé les Ampskapi Piikani vaincus – et les a vite rebaptisés Blackfeet (un Blackfoot, des Blackfeet), ce qui est quand même plus commode. Au passage, toujours pour simplifier, dans les registres on leur a attribué l'équivalent "anglo" du sens qu'avait parfois leur nom d'origine. Dans le cas de mes aïeux, donc, ce fut "Loup court toujours". Mieux vaut ça que "Crapaud impotent". Non, alors, Carver, c'est parce que, entre vingt-neuf et quarante-trois ans, en épousant Michael, je me suis appelée Esperanza Carver. Du coup, depuis la séparation, le divorce n'étant pas encore prononcé, je conserve Carver. Mais j'ai rétabli Running-Wolf devant. Et donc, oui, en ce moment, tout bout à bout, mon nom entier, il faut prendre un peu d'élan, c'est Esperanza Running-Wolf-Carver. Une autre question ?

Elle a la tirade toute prête. Elle est habituée. Sauf que là, donc, non. Là, le premier soir, quand elle a dit, "*Hi, I'm Esperanza*", il a dit "*Hello. Nick*", sans relever ce prénom peu répandu. Pareil : resté placide quand elle a dit son nom. Peut-être parce qu'il est européen. Les Blancs américains réagissent à son ascendance amérindienne. Lui, non, ne commentant ni la latinité de son prénom, ni l'indianité du patronyme, lui épargnant aussi les usuelles considérations sur les vertus physionomiques du métissage et l'exemple éclatant que, soi-disant, ses propres traits en fournissent. C'est elle, limite piquée de ce manque de curiosité, qui s'est retrouvée lui faire la fiche.

A part ça ? Quoi d'autre ?

Elle lui a dit ce qu'elle faisait dans la vie. Professeur d'arts plastiques. Directrice de musée. Il a vite eu droit à la phrase qu'elle sert dans ces cas-là. "Souvent les profs sont des artistes frustrés. Je ne suis ni l'un ni l'autre." Il a alors eu une moue. "Ni artiste ni frustrée ? Heureusement que ce n'est pas vrai. La vie doit être si chiante quand on n'est pas un peu des deux."

A un moment, pour justifier ce qui dans le contexte pouvait passer pour de la rigidité, elle a dit "je ne suis pas fille de militaire pour rien".

Là, lui, curieux, disant "ah oui ? *Army brat* ? Grandi dans des casernes un peu partout, au hasard des affectations ?".

Elle, alors, obligée d'expliquer qu'en réalité pas vraiment. Elle n'a guère connu son père en uniforme. Quand elle est née, grâce aux bourses accordées aux soldats démobilisés, Graham Running-Wolf avait déjà fait son droit et s'était inscrit au barreau d'une petite ville du Midwest voisine d'une grande réserve. Mais ça sonne bien de dire je suis fille de US Marine. Mieux que dire je suis fille de juriste expert en droit cadastral.

Quoi d'autre ?

Dans la foulée du concert de Ashley Monroe, ils ont pas mal parlé de musique. L'occasion pour lui de la surprendre. Pas tant par l'étendue de son érudition que par sa façon d'accueillir la sienne. Souvent, on lui dit c'est rare une femme qui s'y connaît autant en country. Ou bien, c'est marrant "une Indienne qui aime tant la musique de cow-boy". Il l'a peut-être pensé, mais s'est montré plus malin. Suite à des vers de Kris Kristofferson qu'elle venait de citer, il a juste dit : "C'est inattendu, quelqu'un d'aussi jeune, connaître ces vieux trucs." Elle a dit, "Je tiens ça de mon père. Moi, gamine, j'étais plutôt Madonna, Janet, Mariah et compagnie. Mais grâce à lui, je savais aussi aimer Tammy, Dolly ou Loretta".

"Ah oui ? On écoutait ça, chez vous ? C'est pas un peu White trash ?"

"Non. Lui, pour le coup, c'était vraiment le Peau-Rouge qui aime la musique visage-pâle." Se retrouvant, elle, à faire la mauvaise blague (mais dans ce sens-là, ça passe, comme les Noirs qui ont le droit de s'appeler *Niggas* entre eux). "Ça n'a rien d'exceptionnel. Beaucoup d'Indiens sont venus à la country dans les années 70, encouragés par l'attitude des 'hors-la-loi' de l'époque : ça allait des nattes rousses de Willie Nelson au mariage de Kristofferson avec une Cherokee, en passant par les déclarations de Waylon Jennings ou l'album de Johnny Cash consacré au génocide. Et puis surtout la musique elle-même. La country, en fin de compte, c'est quoi ? L'horizon, les distances, la solitude, le grand air, le cœur brisé, la trahison. Ça, les Indiens connaissent. Mon père m'a appris à le capter. Quand il était jeune, il se produisait dans les bars en bordure de la réserve. Ensuite, dans les Marines, chanter des trucs country lui a permis de se mettre les recrues blanches rurales dans la poche. Ça limitait les blagues. Bon. Avec les brothers, forcément, un peu moins. Mais les White trash, *no prob* : c'était un bon moyen de s'en faire accepter. *Red neck, red skin…*"

Voilà. De quoi ont-ils parlé d'autre ? Elle ne sait plus. De tout. Vraiment. Tout et peu importe quoi. Ce que l'instant déclenchait. Ce qui passait par leurs têtes. Rien de capital non plus. Juste, bon, voilà : c'était super. Extra. Elle ne sait comment dire. Juste trop bon. Trop bon. Sans l'avoir vu venir. Doux moments imprévus. Inattendu répit. Trêve éclair à-propos. Volés à tous ces trucs qui lui pourrissent la tête et la vie ces jours-ci.

Dans l'avion, donc, elle constate, comme dirait la chanson de Lucinda Williams, qu'"*il s'est passé un truc pendant qu'ils bavassaient*". Et le même soir, une fois chez elle, 82 Blueberry Lane, 87310, Giraud, NM, au moins peut-elle se dire qu'au cas où, elle n'est pas seule à s'être fait piquer. Un mail lui donne confirmation. Pour l'amour-propre, c'est déjà ça.

Oui, la veille, au dîner, il a pris les adresses de tout le monde, "pour envoyer les photos". Habile. Rusé renard ! C'est ainsi qu'elle reçoit un message de remerciements groupé, envoyé à toutes les cavalières qu'il a photographiées pour son reportage, liste à laquelle elle se trouve ajoutée, courrier effectivement accompagné en pièce jointe d'une photo de groupe "souvenir d'un rodéo épique". Et puis un autre. Qui n'est adressé qu'à elle, celui-là. De remerciements également. Mais plus personnalisé. Il dit qu'il a "tout adoré, *y compris et surtout ce qui ne sera pas*" (nos italiques). Et là (et c'est forcément l'indice de quelque chose), sans l'ombre d'une hésitation, sans devoir réfléchir, en temps réel, illico, elle sait de quoi il parle, à quoi il fait allusion : à eux. Enfin, elle est *presque* sûre que c'est de ça qu'il parle. D'eux. Qui donc ne "seront pas". Ce qui, effectivement, semble le plus probable, il faut bien en convenir.

Tout de même, heureuse d'apprendre que lui a aussi "adoré". Tant qu'à faire, c'est heureux, dès lors, donc, qu'elle non plus, elle n'a pas détesté ces moments que sur le coup elle n'a pas vus passer, trop occupée à juste en profiter. Pas détesté, voire goûté.

Tout.

All and especially that which shall never be.

Et puisqu'ils ne seront pas, du coup, rien de mal à ce qu'elle fasse ce qu'on fait de nos jours. Elle le "google". L'algorithme lui sort instantanément deux ou trois pages de liens. Y figurent un compte Facebook où il publie certaines de ses photos. Quelques interviews accordées à des blogs spécialisés (car ça existe, donc, découvre-t-elle ce faisant) dans la photo de sport. Quelques notices biographiques diffusées lors de l'accrochage de son travail dans diverses galeries.

Nick Nordham. Né à Londres cinquante-six ans plus tôt. Résident américain depuis plus de trente ans. Photographe. De sport, donc. Ce qui, comprend-elle à cette occasion, est une discipline à part entière.

Il a publié deux *coffee table books*. Son travail a plusieurs fois été exposé. Sans que ça fasse pour autant de lui une star. Mais il est reconnu dans sa partie, c'est ce qui ressort.

Le moteur de recherche a aussi sélectionné des pages consacrées à sa femme, Jeannette Belton-Nordham, cheffe cuisinière, fondatrice d'une société de catering et auteure de deux livres de recettes de "soul food" – elle est originaire de Louisiane, visiblement. Ah, et afro-américaine. Peut-être pour ça qu'il n'a pas réagi à sa moitié peau-rouge. Il vit avec une Noire depuis bientôt trente ans. Comme de juste pour un photographe, la couleur lui agrée et il maîtrise le Noir et Blanc. Sur les photos, elle a plutôt belle allure. Ils doivent bien aller ensemble.

Elle comprend mieux à présent pourquoi il écrit qu'eux deux ne "sera pas".

Et puis "ding!" fait son téléphone. Elle a reçu un message.

Ben oui. De lui.

Forcément.

Sinon, il n'y aurait pas d'histoire.

Adolescente, puis ensuite, au début de sa vie de jeune femme, c'étaient des évidences : jamais, jamais elle ne se marierait. Et jamais elle n'aurait d'enfant.

Jamais de mari, d'abord, donc, pour rester libre. Pas plus compliqué que ça. Ne pas s'infliger bêtement des restrictions érotiques et sentimentales qu'elle ne se sentait ni capable ni, surtout, l'âge qu'elle avait, désireuse de supporter. L'intérêt éventuel de l'affaire lui échappait. Sans qu'il s'agisse pour autant de se taper *tous* les mecs qu'elle croisait ou qui en manifesteraient l'envie. Non. Pas tous. Mais tous ceux qu'elle voudrait, ça, oui. Autrement dit, et là, c'était une ferme résolution : rester disponible à la vie et au sort, ne rien exclure a priori, ne pas aller se constituer prisonnière d'un type, allez savoir pourquoi, sans vraie raison valable, juste pour être conforme. C'est qu'à l'époque, aussi curieux que ça puisse paraître, elle ne s'était encore jamais à proprement parler sentie *amoureuse* de quiconque. Entichée. Attirée. Oui. Mais si c'était juste *ça* "aimer", alors ça ne justifiait guère tout le foin qu'en faisaient films, livres et chansons – en tout cas, sûrement pas de renoncer à la possibilité d'autres interlocuteurs.

La seconde résolution, son refus de maternité, alors là, c'est pas dur, c'est même encore plus simple : elle ne voulait *juste* pas voir l'histoire se répéter et se réveiller un matin, mais trop tard, aussi piètre "*mummy*" que la sienne avec elle. Point barre.

Puis, alors qu'elle traversait une "séquence pas facile", comme on dit, elle avait croisé cet avocat un poil plus âgé qu'elle. Et, qui l'eût cru, celle qui ne s'était jamais vraiment sentie à proprement parler "amoureuse" de quiconque, avait cette fois éprouvé un, allez, un "je ne sais quoi", comme diraient les Français, plus fort que d'habitude. En tout cas différent, inédit. Et s'était dit, ah ? C'est donc ça ? Okay. Ma foi, ça n'est pas si mal. Heureuse de savoir enfin l'effet que ça faisait, se sentant délicieusement "normale", après tout ce temps – rassurée sur son compte – pas qu'elle se fût à proprement parler "inquiétée". Mais quand même. Forcément, intriguée, par moments, malgré tout, tandis que les années passaient sans que jamais n'affleure cette "*Crazy lil' thing called love*". Or, là, certes sans virer Karénine raide dingue à se jeter sous un train, mais tout de même, hallelujah, elle ressentait finalement, oui, un… *truc*. Un truc fort et sérieux. Tant et si bien que voilà : quand de fil en aiguille il lui avait proposé de l'épouser, elle s'était entendue répondre oui, assez d'accord avec elle-même en s'entendant le dire.

Ensuite, et sans tarder d'ailleurs, elle qui ne voulait, mais alors surtout pas, d'enfants, convaincue, air connu, d'être ontologiquement inapte, eh bien, une fois épousée, hop ! Bingo ! Tout s'enchaîne. *All inclusive.* Pension complète. *Whole shebang. Full package.* La voilà qui se retrouve *embarazada.* Comme dans les films : l'annonce faite au mari. *Honey* ? Mes Anglais sont en retard. Là, ça va faire deux semaines. Du coup, je crois bien qu'ils ne viendront plus pendant un temps. L'autre, balbutiant. Mais... Mais... Et elle : Oui. Tu m'as bien comprise. Immédiat mec en liesse. Fierté perpétuatrice. Mâle émotion. Etc.

Elle, à ce stade, acceptant, belle joueuse qui n'a de toute façon pas le choix. Coup du sort, coup de salaud, coup en traître de son stérilet qui la poignarde dans le dos – priant juste pour que, au moins, au moins, juste ça, c'est tout ce que je vous demande, mais au moins, par pitié, vous en supplie, accordez-moi, que ce ne soit pas une fille – hantise, toujours, de reproduire avec celle qu'elle élèverait les rapports "laisse tomber" que sa mère et elle ont eus.

Et comme de juste, ben oui, sinon la vie ne serait pas drôle, c'en fut une qui naquit et, comme de juste, toujours, s'imposa, illico ou presque, et conformément à l'expression d'usage, comme la "plus belle chose qui lui soit jamais arrivée". Non, vraiment. Assez vite, et tant mieux, la maternité sut lui plaire. Du coup pendant quatorze ans, ça n'avait pas posé le moindre problème d'être cadrée, monogame, de rester concentrée. Soit dit pour aller vite, ils étaient heureux. Il travaillait beaucoup, *Michael did.* Beaucoup, beaucoup. Mais ils passaient aussi de bons moments ensemble, comme ce voyage en Europe tous les trois quand Wynona a eu dix ans et dont les photos afférentes sont toujours affichées sur son compte Facebook.

Non, franchement, "fidèle" – elle détestait le mot, du moins employé comme ça de façon inadéquate, comme si c'était *là*, dans la brimade des curiosités du corps et des envies de jeux, que la *fidélité* (donc la constance en matière d'affection) allait se nicher, mais bref – *fidèle*, donc, "mono-partenairée", non adultérine, elle le fut sans se rendre compte ou que cela exige d'effort pendant près de quatorze ans. C'était comme ça ; c'était très bien. Rien ne lui manquait. Et puis il y eut ce jour. Ironiquement à un mariage…

Dans un film, c'est commode : "deux ans plus tôt" vient s'inscrire sur l'écran.

Dont acte. Et là, nous sommes deux ans plus tôt.

Vanessa Hall-Harper, maire de la ville et mère du marié, ainsi que Phil Larkin senior, CEO de Larkin UAS, usine de composants pour *unmanned aerial systems* – des drones, autrement dit –, sont tombés d'accord pour aligner trois cent mille thunes chacun et offrir à leurs gosses un mariage thème "western" à deux mille dollz par tête. Thème western, oui, et par-delà l'espèce d'évidence géographique (nous sommes à l'ouest du Sud et au sud du Far West), chacun pour ses raisons :

L'une, l'édile, parce que ce choix un grain "bourrin" viendra compenser le stigmate de patricienne trop éduquée, "déconnectée" des "vraies gens", qu'elle se trimbale encore auprès de la frange la plus populacière de ses administrés.

L'autre, l'entrepreneur richissime, parce qu'il cultive à l'envi son personnage de *good ol' boy* et regrette dur de n'avoir fait carrière sur le circuit de rodéo professionnel en catégorie *saddled bronc riding* (monte de chevaux sauvages sellés), vivant dès lors la fortune amassée dans l'aéronautique téléguidée comme un piètre et très insuffisant lot de consolation.

La noce de quelque trois cents invités a donc rejoint le Wilburton Creek Ranch, trente miles au sud de la ville, ce qui promet quelques retours sportifs à ceux qui, faute de limousine avec chauffeur, devront conduire eux-mêmes leur automobile. Mais le Giraud PD, le *sherif department*, et la *highway patrol* ont été prévenus et, sauf carambolage générateur de bilan humain à deux chiffres, ont résolu de regarder ailleurs jusqu'au petit matin.

Doux Wilburton Creek Ranch, qui n'a pas senti le crottin, ni fleuré bon la couenne brûlée depuis sa mue en *lodge* haut de gamme pour noces, anniversaires, célébrations et séminaires.

Partant, la coloration western des lieux et de la fête s'exprime subtilement, au détour de détails d'apparence anodine comme ces bottes de paille (tout de même recouvertes de coussins ou de tapis indiens) qui servent de sièges. Ou les décorations à base de fers à cheval assemblés artistiquement.

La nourriture, prévisiblement, est tex-mex, *down-home* et très carnée. Des porcs tournés en broche depuis l'avant-veille sont débités, quasi à la petite cuillère, tant leur chair est confite, par des préposés accoutrés et toqués comme des cuisiniers de cinéma.

Dans des barils d'essence de 55 gallons customisés en BBQ's, d'autres cochons fondent, suintent et suent, tandis qu'à l'air libre cette fois, des quartiers de bœufs caramélisent sur des grills posés au-dessus de braises.

Sans être vegan, ça fait beaucoup de mammifères morts exposés presque entiers. Elle pourra toujours se rabattre sur l'immanquable poulet mariné forcément proposé quelque part et sur les hors-d'œuvre mexicains à base de guacamole et de tomate. Mais pour l'instant elle n'a pas faim.

Tout autour d'elle, les invités ont joué le jeu. Comme spécifié sur les invitations imprimées sur des *bandanas* souvenirs, le dress code est thématique, *western wear* général. Pour ce qu'elle peut voir, tout le monde s'y est plié.

C'est une mer de chapeaux. Paille blanche ou feutre clair, des Stetson d'apparat, modelés presque unanimement à l'identique de la RCA *crease*, la forme rendue classique par la *Rodeo Cowboys Association*. Pas de personnalisations fantaisistes ou de cabosseries louches, comme on en voit parfois dans les mauvais endroits. Pour sa part, *latina pride* oblige, elle affiche un chapeau andalou noir qu'elle porte dans le dos, retenu par une dragonne, plutôt que sur la tête.

Chapeaux, donc, même posés sur des gens qui ne s'en couvrent pas d'ordinaire. Et, toutes et tous, des bottes, là encore suite aux stipulations de la puissance invitante.

Du point de vue d'Esperanza Running-Wolf-Carver, sous une robe longue comme celle qu'elle porte ce jour-là, des escarpins eussent mieux convenu. L'effet "bottes" est douteux. Mais l'important est de faire plaisir – ou, plus encore, de ne pas se mettre, si peu que ce soit, "en tort" ou "porte-à-faux" et d'alors déclencher la machine à ragots. Surtout pas, malheureuse, compte tenu des "derniers développements" et de ce qu'elle sait présent à l'esprit de tous les gens qu'elle croise.

"Tu dois être si fière", lui a dit Jolly-Jean Baker, en l'étreignant avec une intensité appuyée.

Et là, pareil : charge à elle d'éviter la bévue au moment d'essuyer ce genre d'effusion. Ni paraître triomphale et qu'il soit dit ensuite qu'elle se la sera pétée avant même que son mari ne devienne *Acting Attorney General.* Ni trop jouer les modestes et qu'on aille alors plaindre le futur premier magistrat de l'Etat de se trimbaler une gourde.

Jolly-Jean lui redit, "Non, vraiment, tu dois être *si* fière. Tellement heureuse pour lui". Elle répond, oui, parce que ça va plus vite. Alors qu'en vérité, fière ? Pas vraiment. Heureuse pour lui ? Ça, ma foi, oui, sans doute, tant, *lui*, ça semble lui faire plaisir. Mais "fière", franchement, stricto sensu, il n'y a pas lieu. Tout ça n'est que la bête application de règlements. L'année précédente, l'*Attorney General* de l'Etat, candidat à sa réélection, avait surpris son monde en choisissant comme premier assistant Michael D. Carver, ce relativement jeune procureur surtout célèbre pour ses inculpations de grandes corporations coupables d'abus aux dépens de travailleurs migrants. Certains s'étaient alors dit qu'un tel choix allait coûter très cher au candidat en donations à son budget de campagne. Peut-être cela avait-il été le cas, il serait impossible de le chiffrer avec exactitude. En revanche, ce qui était aisément quantifiable, c'est l'ampleur du vote latino et noir qui s'était porté sur lui, en plus de la base traditionnelle de son parti, et c'est ainsi que d'une courte tête il avait remporté l'élection. Deux mois plus tard, on lui diagnostiquait un cancer du pancréas.

La règle change d'un Etat à l'autre, mais dans celui-ci, l'adjoint assure l'intérim automatiquement, sans qu'il faille en passer par un vote.

Et ce jour-là, donc, à la noce thème western du Wilburton Creek Ranch, nul ne l'ignore sous son chapeau de circonstance : Mike va prêter serment la semaine prochaine.

Jolly-Jean lui redit, "mais surtout, tu dois être *tellement* fière".

Lou-Ann Dodson dit, "La chance que tu as. Ça va être follement excitant".

Fière, donc, on l'a vu, non. "Excitée" ? Non plus. Elle pense surtout aux emmerdements. Dieu merci Mike n'a pas eu à faire campagne, elle fut donc dispensée des traditionnelles simagrées attendues des épouses de candidats. Mais là ? A présent que Son Excellence le Procureur va entrer en fonction, elle ne va plus couper aux apparitions publiques avec garde-robe idoine, à la figuration intelligente en tenue endimanchée et sourire mécanique. Or, dans le genre, ce qu'elle porte ce jour-là constitue le summum de ce qu'elle peut supporter – quand bien même, comparée à ces dames, elle reste scandaleusement *underdressed*. Par bonheur, la robe est longue, ça fait cocktail. De justesse, mais ça passe. Ça y est. Les deux joyeuses commères permanentées l'ont priée de les excuser et sont parties ailleurs, rafraîchir leur drink ou repoudrer leur nez, peu importe. Et ce moment de solitude retrouvée et d'invisibilité au milieu de la fête, hantise supposée d'une invitée normale, lui déclenche au contraire un soupir d'aise. Sans suffire cependant à vraiment l'apaiser. Sans raison, lui est venue une humeur exécrable. Bien entendu, ne pas savoir dire *pourquoi* elle se sent à ce point irascible ne fait qu'exacerber son exaspération.

Quasiment dès leur arrivée sur place, Michael lui a été “emprunté” – “pardon, chère Esperanza, je vous *emprunte* notre Mike deux minutes. Pas plus, promis”. C’était il y a une heure et depuis, un “emprunt” en entraînant un autre, elle l’a regardé à distance changer plusieurs fois de groupe, ballotté de l’un à l’autre, sans oser protester, ou alors aimant ça. Il n’a pas du tout perdu la notion du temps. Ni oublié qu’il est venu avec elle à son bras. Il sait juste pouvoir compter sur sa compréhension. Il travaille, là. Ça ne l’amuse pas plus qu’elle. Mais il est obligé. Elle ne peut que respecter. Alors elle respecte. Elle respecte. Et déambule donc, parmi les invités, seule et inaperçue, ce qui lui va très bien.

Sur une estrade, cinq musiciens jouent, revêtus de costumes brodés identiques qui fusionnent les tenues de mariachis et les singing cow-boys des années 40 ou 50. Le chanteur “a une attitude”, comme on dit quand les convenances la jugent mauvaise : il a dénoué sa lavallière et dégrafé son col. Non seulement ça, mais son Stetson en feutre gris assorti à ceux de ses accompagnateurs traîne sur un ampli. Une mèche gominée s'est du coup rebellée et, plutôt que rester plaquée en arrière avec les autres, se balance sur son front et devant son œil.

Ils alignent titres attendus et soupasse de circonstance. *You Had Me From Hello* de Kenny Chesney : T'as eu qu'à dire bonjour et c'était plié, j'étais conquis à jamais. *Forever And Ever, Amen* de Randy Travis. Déjà meilleure chanson. Mais on sent que ça les barbe. Le chanteur, surtout, on dirait que les paroles lui donnent envie de vomir en franchissant sa bouche. Même le classiquissime "dès lors que tu es mienne, je ne bouge plus une oreille" de Johnny Cash est mouliné de façon somnambulique. Personne n'écoute vraiment. Nul ne danse. Un pianiste de hall d'hôtel Hyatt capterait plus d'attention avec une version instru du *Your Song* d'Elton John.

Ignoré pour ignoré, le groupe semble bientôt décider d'au moins se faire plaisir. Elle voit le chanteur échanger un regard avec ses acolytes. Ils opinent et attaquent un morceau plus rapide. Bonne chanson. L'histoire d'un gars qui habite dans un trou paumé de l'Oklahoma où, explique-t-il, il n'y a rien à branler sinon des tours en caisse sans but autre qu'acquérir de la bière foin de la limite d'âge, la boire et puis faire des conneries. Mais la mélodie se déroule sans accroc et la scansion du refrain incite à taper du pied.

Raise hell, drink beer
That's all there is to do round here
Get your kicks
Chasin chicks
Well we do it every day of the year

Là, soudain, comme orchestre, ils ne sont pas mauvais. Ensemble et bordéliques à la fois, retombant in extremis sur leurs pattes et le temps. Il se trouve qu'elle sait s'aviser de ça et, quand ça lui arrive, remercie son père qui, toute petite, l'a initiée aux codes de la musique de l'envahisseur génocidaire.

Sa mère, à l'opposé, lisait García Márquez, Cortázar et Borges – dans le texte, s'il vous plaît, non sans quelque coquetterie. Et enseignait Shakespeare, William Blake ou Emily Dickinson, élevant du coup sa fille dans le culte des grands textes. Mais ce qui vaut pour Shakespeare s'applique à Hank Williams et aux plaintes faussement simples des petits Blancs pauvres, rancuniers et incultes. Et entre les enseignements de l'une et l'autoradio de l'autre, elle discerne depuis les vérités universelles que cet art modeste profère quand il est pratiqué correctement.

Comme là.

C'est ainsi qu'elle sait à quoi s'en tenir quand le gars annonce qu'un jour, promis, il quittera son trou et qu'on ne le reverra plus, mais qu'en attendant, il trompe l'ennui en faisant des conneries et en buvant des bières.

But for now I'll keep raisin hell and drinkin' beer.

Ça ne danse toujours pas. Mais quelques grappes d'invités ont enfin remarqué leur présence.

A la fin de la chanson, un type trop bien peigné, sans doute un des chargés de clientèle du ranch, va trouver le chanteur. Elle n'entend évidemment pas ce qu'il lui raconte, mais ça n'a pas l'air de souffrir la moindre discussion. Le type repart. Comme à regret, le chanteur remet son chapeau et s'approche du micro. Il dit : Okay. On va jouer quelque chose que tout le monde connaît : *Good Time* d'Alan Jackson.

Et c'est parti.

A shot of tequila
Beer on tap
A good looking woman
To sit on my lap

Et comme si c'était là le signal que les événements attendaient pour se précipiter, les premières épouses replètes ou refaites de partout, les *trophy wives* annexées en deuxièmes ou parfois troisièmes noces, toutes, ravies, sentent leur mari les entraîner sur la piste pour reproduire la petite choré de *line dancing* que chacun connaît pour l'avoir vue dans la vidéo. Soudain tout le monde danse. Derrière les tréteaux qui leur servent de comptoir, les découpeurs de porcelet sourient et hochent la tête en rythme. *Tequila, bière pression, belle fille sur les genoux.* Le chanteur l'épelle : "un G et un O, un O et un D, un T et un I, un M et un E". Et, tout mis ensemble, le croiriez-vous, "*ça donne Good Time*" ! Si !

Et elle-même se laisse emporter. Allez ! Puisqu'ils le disent : temps pour un peu de bon temps. Prendre tout ce qu'elle peut prendre *maintenant*, sur le moment, pas dans quinze ans. C'est drôle que ça lui revienne en tête pour la première fois depuis... Depuis, ouh ! Des années ! Avant de rencontrer Michael, jeune fille, c'était ça sa devise : *prendre*, prendre maintenant tout ce qu'elle pouvait prendre. Et se délester de tout ce qui risquait d'encombrer, d'entraver ou de ne rien apporter. A l'époque, elle s'y était très bien employée, prendre ce qui lui plaisait, laisser le reste, quitte alors à froisser quelques plumes, écorcher quelques cœurs ou casser quelques œufs. Mais elle ? Elle, pas de souci, ça lui avait plutôt réussi. Et puis, surprise, Michael. Michael, et la suite : épouse. Mère. Wynona. Différente, désormais. Engagée. Assagie. Embarquée pour la vie, en principe, et déjà quatorze ans écoulés sans "devise" égoïste et jouisseuse. Parce que pas eu besoin. Mais soudain, hop, va savoir pourquoi ? Voilà son cri de guerre qui réemerge du flux de sa conscience... Qu'en déduire ? Rien. Rien, sûrement. Juste qu'elle est là pour passer un bon moment. Allez !

A G with an O, an O with a D
A T with an I, an M with an E
That spells good time
A good time

Comme redouté, sa robe, mordorée et toute en transparence, l'a gênée pour danser. La combi chair qu'il faut porter dessous n'a cessé de remonter et l'a terriblement restreinte dans ses mouvements.

Elle a dansé toute seule, ce qui n'est pas un problème. Elle adore danser.

C'était il y a deux heures. A présent, c'est Jeannie Cue qui lui dit combien elle est contente pour elle. Et pour Mike bien sûr. Et quel changement ça va être, forcément. Et comment ils vont s'organiser. Oui bien sûr c'est normal qu'elle n'en sache rien encore, tout ça est si soudain. Vont-ils déménager tout de suite ? Va-t-elle continuer à diriger le *John Giraud Art Center* ? Peut-être juste finir l'année scolaire. Et puis pour la prochaine, se faire muter et rejoindre Mike dans la capitale de l'Etat. Oui, non, bien sûr. Ce serait dommage qu'elle renonce complètement à son activité. Ils vont bien voir. Ils ont le temps. Mais quand même. Quel changement ! C'est excitant. Et elle doit être si fière.

Un peu plus tard, elle a retrouvé son époux ; enfin, physiquement, du moins ; ils sont assis à trois sur un "banc" de paille – comment appeler deux bottes qu'on a accolées et sur lesquelles on a posé de longs coussins rectangulaires ? Elle se trouve à un bout. Michael est à côté d'elle et à l'autre extrémité le père de la mariée, Larkin senior. Michael et lui sont engagés dans une conversation à laquelle elle ne comprend pas grand-chose. Il est vrai qu'elle ne fait pas beaucoup d'efforts. Elle attend qu'ils aient fini.

A présent que le jour décline, l'orchestre est remonté sur scène. Après un titre consensuel et entraînant, à nouveau nu-tête, le chanteur réfractaire à l'uniforme annonce qu'il va à présent céder la place aux unis du jour que le groupe va accompagner tandis qu'ils interprètent *You're The Reason Our Kids Are Ugly.* Elle glousse. C'est drôle, ça, comme idée. Elle a toujours aimé ce truc où Conway Twitty et Loretta Lynn s'agonissent mutuellement de reproches conjugaux, pour finir en refrain par "et d'ailleurs c'est de ta faute si nos gosses sont si moches". C'est bien, un jour de noces. C'est décalé. Ça peut aussi, allez savoir, avoir valeur d'exorcisme. De défouloir préventif. Se jeter au visage toutes ces horreurs aujourd'hui devant tout le monde afin qu'elles ne retentissent jamais dans l'intimité. Non, vraiment. C'est futé. Elle n'eût pas cru les convolés, ni leurs parents, capables d'un si joli mauvais esprit.

Ah, pardon, dit le chanteur, on me signale dans l'oreillette qu'il y a erreur. Ce n'est pas *You're The*

Reason Our Kids Are Ugly que nos magnifiques mariés vont nous chanter, c'est *You're The Reason God Made Oklahoma*, très jolie chanson également. Et encore plus facile à jouer. Pas vrai les gars ? Mesdames, messieurs, *I give you…* Et il appelle les époux tout frais à le rejoindre sur scène sous les applaudissements. Dommage. *You're The Reason Our Kids Are Ugly*, c'était plus amusant. Quant au chanteur, après cette facétie déplacée et sans même parler du reste, pas sûr qu'il soit réemployé de sitôt par le Wilburton Creek Ranch, ni qu'il se trouve des invités pour l'appeler le jour où leur propre progéniture s'unira.

Sa fille s'apprête à chanter sur scène le jour de son mariage, mais pour sa part, Larkin senior est tout entier occupé à pousser aussi haut qu'il le peut sa langue dans le rectum du futur *Acting Attorney General.* Les empires se bâtissent en sachant hiérarchiser les priorités. Heureusement que la prestation de fifille est filmée. Par des dizaines de portables, d'une part, mais aussi par, non pas une, mais *deux* caméras maniées par des cadreurs professionnels spécialement mandatés. Le père de la mariée pourra écraser une larme en replay et prétendre ne pas en avoir perdu une miette.

Les jeunes époux attaquent. Bon, ni l'un ni l'autre n'a intérêt à plaquer son job actuel pour partir à Nashville, mais ils sont choux, les pauvres. L'âge qu'ils ont, ce n'est sans doute pas la version originale de David Frizzell et Shelly West qui les a inspirés. Plutôt celle qu'une

Miranda Lambert encore toute débutante avait interprétée en duo avec son futur mari, Blake Shelton, à l'époque où elle participait encore à des télé-crochets censés révéler les talents country de demain. La séquence est depuis devenue un classique sur YouTube.

C'est pour toi que Dieu a créé l'Oklahoma
C'est pour toi que Dieu a créé l'Oklahoma

Et bon sang tu me manques

Michael et le père de la mariée discutent toujours. Elle patiente en bout de banc, elle écoute les mariés chanter.

Quelqu'un prend une photo et la lui enverra plus tard. La personne ne pouvait pas savoir. Mais elle possède ainsi une image de l'instant précis où elle a décidé.

Car pendant que le marié et la mariée mélangent leurs voix sur le refrain de *You're The Reason God Made Oklahoma*, Esperanza Running-Wolf sait soudain.

C'est pour toi que Dieu a créé l'Oklahoma
C'est pour toi que Dieu a créé l'Oklahoma

Esperanza Running-Wolf sait soudain avec certitude qu'elle va se séparer de Michael D. Carver.

C'est pour toi que Dieu a créé l'Oklahoma
C'est pour toi que Dieu a créé l'Oklahoma

Et bon sang tu me manques
Oh bon sang tu me manques.

La question c'est juste quand ? Quand va être le bon moment ?

Par la suite, les rares fois où elle le racontera, elle dira ça : "Mais j'ai compris ce jour-là que même si mon mari m'aimait toujours, j'étais devenue totalement invisible. Il n'y avait plus de place pour moi dans sa vie. Et sans doute que moi, je m'étais employée à en sortir. Autrement dit, cette soudaine évidence, j'y étais préparée. Ça 'couvait'. Ce jour-là fut la concrétisation de ce que je pressentais depuis un petit moment."

Ce jour-là, donc, "soudaine évidence" de l'ennui. De l'ennui, de l'écart, la dérive, la calcification. Et ainsi va. L'érotisme conjugal s'ankylose. Le cœur s'encalamine. Et de se dire, ça ne va quand même pas être *ça* ma vie jusqu'à ce que la mort *m*'en sépare ? Donc dans ces cas-là, on fait quoi ?

On envoie tout péter et tout de suite ? Bien sûr que non. On laisse une chance au truc. On tente des choses pour proroger l'accord, sortir de l'anesthésie. Par exemple et entre autres, on regarde d'abord si l'incartade ponctuelle n'aère pas le foyer.

Pour une femme dans sa situation, l'extra-conjugalité est chose aisée. Il suffit de laisser venir. Les requins flairent le sang, dit-on ; les prédateurs reniflent la peur de loin ; semblablement les Rodolphe hument et détectent-ils les Bovary. Elle ne va pas tarder à le (re)découvrir, il grouille toute une faune masculine, comme ça : le mec marié en veille larvée, à l'affût par principe, prêt à fondre sur la MILF en jachère, l'épouse mûre négligée. Ils pullulent, on s'en avise dès qu'on branche le radar qui sait les repérer. Elle-même va vite apprendre à les identifier et inverser la proposition : faire savoir, le cas échéant, à celui qu'elle trouverait à son goût que ce n'est pas la peine de se perdre en contorsions, que pour ce qu'ils ont à faire, autant échanger les *cell numbers* ou les alias de messagerie tout de suite. Et prendre rendez-vous sans trop tarder après.

Et quelque temps encore, certains soirs, plutôt que dormir à cent vingt miles de là, son mari rentre, la tête ailleurs, exténué par ses activités très importantes de la journée. Elle, elle sort de sa douche après s'être tapé un type. *Good day at the office dear* ? Et toi ? Ton expo ? Et l'un comme l'autre, fondamentalement, ils se tamponnent pas mal de ce qu'ils ont, respectivement, pu fabriquer. Mis à part leur enfant en commun et la marche de la maison, ils n'ont guère à se dire. Et Wynona ? Elle n'est pas là ? Non, tu sais bien, ce soir, ils vont au théâtre avec sa classe. Je t'avais dit. Ah oui, pardon. Du coup, c'est juste eux deux. Et c'est pesant. Et au fait, les gars sont venus pour la piscine ? Je les rappelle demain. Pas eu le temps aujourd'hui.

Et, l'un de ces soirs poussifs et laborieux, profitant justement d'une absence de leur fille, elle lui dit, bon.

C'est toujours mauvais signe quand elle commence par "bon".

Okay then, en anglais.

Okay then. Et qu'est-ce qu'on fait maintenant ?

Comment ça, qu'est-ce qu'on fait maintenant ? Disant ça alors qu'il a évidemment très bien compris. A se demander même s'il n'attendait pas ce "bon", ce "*okay then*", depuis un petit bout de temps.

Comment ça, qu'est-ce qu'on fait maintenant ?

Les hommes toujours convaincus qu'en matière de rupture comme en matière de portes, il est galant de laisser les dames passer devant. Qu'elles aient l'impression que ça vient d'elles, ce sera moins douloureux. Autrement dit, comme d'hab les laisser faire le taf. Bref.

Qu'est-ce qu'on fait maintenant ? Ben c'est simple, puisque t'es jamais là et que tu ne l'es jamais aussi peu que quand tu es ici, le corps présent mais l'esprit loin ailleurs, ne le sois plus du tout.

Cette manie, ce travers, ce "vice", presque, comme on dirait en anglais, car c'en est forcément un, qu'elle a de toujours tout ramener à une ou des chansons... Par exemple, là, lui est revenue celle de Sammi Smith, *I Miss You Most When You're Right Here*. Sauf qu'il ne lui "manque" pas, justement, ou plus, ou du moins plus vraiment. Et ce, qu'il soit “*right here*”, ou ailleurs. Et, à l’inverse, si, à elle, il lui manque quelque chose, ce n’est plus lui.

Il y a cette autre chanson qui lui vient à l’esprit tandis qu’ils ânonnent mollement, sans même hausser le ton, le tout premier verset de la liturgie de la séparation. La chanson en question, pour une fois, n’est pas country, mais bel et bien du R&B, de la soul, genres auxquels son père l’aura également initiée. *Your body's here with me (but your heart is on the other side of town)*, chante donc Dorothy Moore. *You're messing me around.* Lui, là, s’il a l’esprit “ailleurs”, ce n’est sans doute même pas blotti dans le giron d’une enquêtrice, greffière ou avocate stagiaire. Peut-être sourd-il des tentations de cet ordre dans le déroulé de sa journée type, mais l’essentiel du problème n’est pas là. Son esprit est dans son bureau de procureur général. En tant que justiciable, elle devrait lui en savoir gré, se sentir rassurée de le voir de la sorte tout entier consacré à sa charge, le devoir chevillé, devenu règle de vie, investi corps et âme *twenty-four/seven*. L’administrée applaudit. L’épouse, elle, a décidé d’arrêter. Et le lui dit.

Et c’est ainsi qu’ils se séparent. Sans fracas ni tapageuse officialisation. Ils feront des comptes en temps voulu, mais pour l’instant, elle garde la maison. Et leur fille.

Lui, il emménage dans une résidence hôtelière de la capitale de l’Etat. Elle lui souhaite certains soirs l’empathie d’une jeune juriste. Il mérite. Avec tout le mal qu’il se donne.

Et elle, oui, depuis l'*arrangement*, elle est redevenue inconstante, volage, libre, mais, condition impérative pour le rester, *furtive*. Il faut ruser. Il y a la réputation de l'épouse non encore divorcée de Son Excellence à préserver. Mais il y a surtout ses propres tranquillité et liberté de mouvement à protéger. Toutefois, l'absence d'information à son propos finit par en devenir une, dont son tissu relationnel ne sait que faire. A force, sa chasteté officielle intrigue, inquiète, voire apitoie. Jeannie Cue ou Jolly-Jean posent bien sûr des questions. Quand même ! Une belle fille comme toi (pas forcément que de l'amour, d'ailleurs, dans le compliment). C'est du gâchis. Tu nous connais. Nous sommes des tombes. Tu peux nous dire. Elles lui fomentent des traquenards foireux. C'est toute une prod ensuite pour se débarrasser du veuf ou divorcé récent qu'elles lui collent dans les pattes.

C'en est encore une autre de garder le secret sur ses amants. Des gars juste pour le cul. Mariés de préférence. Chacun ignore évidemment l'identité des autres. Et personne ne connaît l'existence d'aucun. Pour vivre libre, comme toute femme qui veut le rester, elle vit masquée. Subreptice, clandestine et irrévélée. L'incognito est la condition de tout. Ce faisant, elle retrouve les réflexes de survie d'avant le mariage, l'époque où, mordicus, elle jurait que ça ne lui arriverait jamais. Et où, déjà, il pouvait arriver qu'elle fréquentât plusieurs partenaires de front, dans l'étanchéité la plus parfaite.

La différence, à présent, outre les quinze années écoulées, c'est sa fille. Qui l'oblige à encore plus de discrétion et d'organisation que si elle vivait seule – sa fille, qui ne doit rien savoir et à cause de laquelle, par ailleurs, rares sont les soirs où elle peut recevoir. Contrainte toutefois qui a ses avantages, puisqu'il peut être commode de se réfugier derrière pour esquiver le jeu à domicile. Sa fille, surtout, qui rachète tellement tout par ailleurs, *tout*, du simple fait de son existence.

Mais sinon, oui : volage. Comme jadis, jeune fille, dans un Etat proche de l'Ohio, puis étudiante dans la grande mégapole du Nord-Est, avant l'interminable leucémie de son père et même pendant et après... Des amants, oui, un par-ci, l'autre par-là. Mais pas non plus tant que ça. S'agissant d'un garçon, le chiffre n'eût pas choqué. Tout au plus un petit poil au-dessus de la moyenne. Et on aurait alors félicité le bougre. Claque dans le dos. Gros clin d'œil. Connivence chuchotée pour que ces dames n'entendent pas. Canaillou, tu me rappelles mon jeune temps ! M'eusses-tu vu, à ton âge ! *Give'em hell tiger* ! Ahh régale-toi, va ! Car ça ne dure pas. Oui, d'un gaillard, à palmarès équivalent, on eût salué la performance. Jugé qu'il profitait de sa jeunesse. De l'existence. Tandis qu'elle, déjà, obligée de se planquer, donner le change. Que rien ne transparaisse. Que personne n'ait la clé. Qu'on ne puisse l'accuser d'être trop mobile. Gourmande d'hommes. D'en avoir trop. Même si elle, à l'époque, aurait pu rétorquer : et quand bien même ? Quand bien même y en aurait-il eu “trop” qu’elle avait des excuses. Des raisons de vouloir se changer les idées. Tant enchaîner ou cumuler les soupirants-amants était dans cette période tout de même plus vivifiant et gai que ces moments, quotidiens ou quasi, à la *palliative care unit*, au chevet du mourant qui ne voulait pas mourir.

Ha !

Fin du flashback. Retour au présent. Reprise du fil.

Depuis bientôt vingt mois qu'elle et sa fille coloquent en tête à tête unigenré mais transgénérationnel, une fois celle-ci couchée, en marge de lectures ou des séries du câble, au fil des soirs, au long des semaines, petit à petit, se sera développée une utilisation de plus en plus savante des applications de messagerie électronique.

Tant et si bien que, sauf bien sûr si sa fille dort chez son père ou une copine et qu'elle-même en profite pour avoir rendez-vous IRL, chaque autre soir ou presque, tandis que l'ado dort (ou textote elle aussi en douce, ce qu'on lui souhaite), avant d'aller se coucher, Mum tient salon en ligne. Elle y croise des amis, certes, des copines. Mais, majoritairement, s'il faut bien dire les choses, c'est de cul qu'il s'agit. Peu dans la lettre des propos échangés – quoique, parfois, on frôle, on frise. Plutôt dans l'intention. Pour beaucoup, les correspondants sont des coups potentiels, des hommes croisés qui là avancent leur pion, poussent leur candidature après avoir obtenu son numéro. Et même si, comme paraît-il les recruteurs en entretien d'embauche, elle en est venue à savoir presque d'emblée si ça va jouer ou pas, ça prend du temps, ce marché aux bestiaux, ces éliminatoires de téléréalité.

Et puis il y a aussi ceux avec qui ça a eu lieu et de façon, ma foi, somme toute, assez satisfaisante pour qu'elle les garde en chauffe. Tout ça additionné se retrouve à chiffrer et faire du temps de présence. La durée varie, mais une heure en moyenne. Eh oui ! Tout de même ! C'est à la fois une corvée et un jeu. En tout cas, mine de rien, c'est tout un art, la conduite de ces conversations multiples et simultanées. Il faut papillonner sans cesse, comme l'artiste de music-hall qui court le long de ses bâtons pour faire toupiner l'assiette. Las ! En dépit de tous ses talents d'animatrice, parfois il y a embouteillage. Le statut "en ligne" s'affiche. Tous savent qu'elle est là. Chacun s'impatiente. Heureusement, elle s'est vite constitué un solide répertoire de chatteries et minaudages dont elle joue en virtuose. Sautant de l'un à l'autre, elle stimule chaque dialogue à coups de smileys hilares ou affectueux, de cœurs multicolores. Comme au poker, elle relance les conversations en y jetant quelques jetons, mais sans jamais se trouver contrainte d'abattre vraiment son jeu. Quand l'interlocuteur pousse loin le madrigal, se fend d'un compliment louangeur à l'excès, elle affecte modestie prise de court et ravissement embarrassé via des formules toutes prêtes et emojis ad hoc. Bref. Conformément à l'Evangile, la main gauche de chacun de ses correspondants ignore ce que sa main droite à elle tapote au gars d'à côté.

Ainsi, chaque soir ou presque, avant extinction des feux, à tous les sens du terme, elle badine, fait la coquette. Elle sait que les Français appellent ça le "marivaudage". En anglais *to banter*, ce qui est moins joli, mais revient au même. Elle se fait l'effet d'une version 2.0 de Glenn Close dans *Dangerous Liaisons*. Elle se sent au contrôle, indépendante, et part ensuite au lit apaisée. Sa vie est ce qu'elle est, mais au lieu de se coucher seule, souhaiterait-elle une présence en cet instant précis, elle aurait le choix. C'est dérisoire mais fait le job. Comme sa mère le serinait à ses élèves et aussi à sa fille, "la conscience de l'illusion n'abolit pas l'illusion". Et tout ce trafic lui fait du bien. Elle s'endort rassurée, savourant d'être seule, dès lors qu'elle vient d'avoir la preuve qu'elle n'est pas isolée.

Mais ça c'était avant.

D'abord timides, sporadiques, puis enhardis, assez vite assumés, réguliers et soutenus, ses échanges avec le photographe anglais sont venus bouleverser cette organisation.

Bouleverser, le mot est peut-être fort. Perturber. Bousculer. Quoique. Non. *Bouleverser.* Car, c'est bien le problème : subitement, c'est plutôt avec lui, et seulement avec lui qu'elle a envie de converser. Ça, mon vieux, depuis leur brève et chaste rencontre dans les paddocks du rodéo, pour correspondre, ils correspondent. Un oui, un non. Et encore. Parfois il leur suffit d'encore moins que ça. Tout leur est bon. Ils parlent de tout et savent également très bien ne parler de rien.

C'est ludique. Très.

Ludique, oui, car excitant, prenant, comme un jeu, et distrayant, allégeant, toujours comme un jeu. A ce stade d'ailleurs, ce n'est que ça : un jeu. Un jeu bien innocent, jeu d'esquisses et d'esquive. Ils jouent à la séduc comme on joue à cache-cache. C'est une énergie de récré. Elle entend en son for les mêmes rires que dans une cour d'école. Car il en est ainsi : chaque fois qu'elle le lit ou lui écrit, elle se sent sourire le cœur, mais aussi le visage. Sans instructions, ses commissures ébauchent une légère ascendance. Elation bien excessive au regard de l'intérêt véritable des sottises échangées.

Compatibilité intellectuelle. Affinités culturelles. Et honni soit… Chacun des deux sait très bien à quoi s'en tenir. Mais tout reste tacite, euphémique, déguisé.

C'est, comme dans la chanson de Lucinda Williams, "juste le fait d'être en train de converser avec lui". C'est en soi suffisant pour l'égayer. Gare à ce que, chaque jour davantage, ce ne lui devienne nécessaire. *Conversation with you was like a drug.* Une drogue. Oui. Euphorisante, à force de libérer de ces hormones en "-ine" dont parlent les magazines. Car, là, dès qu'elle parle avec lui, à l'écrit aujourd'hui, mais dès le premier soir, à l'oral, ça en usine. *It wasn't your face so much as it was your words.* Son visage, ses mots, elle ne saurait faire le distinguo.

Ses mots, oui. Bien sûr ses mots. *Cause there's something about what happens when we talk. Something about what happens when we talk.* Bref, voilà : il se passe "quelque chose" quand ils communiquent. Quelque chose qui se produit quand ils se parlent. *Is it coincidence or was it meant to be?* Est-ce une coïncidence ou bien était-ce écrit ? Ça n'est pas censé être. Ça n'a ni nom précis, ni fonction déclarée. Ça ne figure pas dans l'agenda, donc c'est volé. Facile à nier, ça ne laisse pas de trace. Tout peut y être dit sans port à conséquence. Chaque jour davantage, elle baisse la garde. Souvent, elle pense qu'il l'a *devinée.* Elle se sent comprise, acceptée. D'elle, elle ne cache donc rien. Rien sauf ce qui la chagrine. Il y a ce "petit souci" qu'elle ne lui confie pas. Sans doute sur le moment s'en serait-elle soulagée. Sur le moment. Mais, juste après, peut-être ce qu'ils partagent s'en trouverait-il gâché. Donc non. Elle ne lui dit rien de ses problèmes. Et du coup, quand elle parle avec lui, c'est presque comme si elle n'en avait aucun. Ou du moins pas ceux-là. *Something about what happens when* they *talk.*

Et hop : re-flashback.

Pas pour le plaisir de les empiler ni d'embrouiller les gens. C'est pour leur bien, en fait. Les aider à comprendre.

Cette fois, donc, on est un peu plus d'un an en arrière. Ça fait quelques mois qu'elle est séparée. De ce fait déjà un peu installée dans sa nouvelle vie. Mais pas encore non plus au point de ne pas s'émerveiller chaque jour de n'avoir plus à tenir compte d'autre avis que le sien.

Dorénavant, hors les heures consacrées à la direction du musée, la planification d'expos ou l'animation d'ateliers, son temps lui appartient. Les seules normes maintenues ne le sont que pour sa fille. Le reste ne tient qu'à elle. Tiens, ce soir, par exemple : Wynona dort chez une copine. Du coup, calme : *avocado salad* et film français. Elle savoure par avance. Et, comme toujours, rien ne se passe comme prévu. Des copines du yoga changent ses plans. Le film français sera encore là demain. Ses amies savent qu'elle aime la country et a ouvert en ville il y a quelques mois un bar où l'on en joue : *Smokey's*, *honky tonk* censément à l'ancienne. La voilà donc entraînée voir à quoi ressemble ce faux *roadhouse* reconstitué entre deux shopping malls.

Pourtant, comme son père le lui a enseigné, un *honky tonk*, au départ, c'est peu de chose. Un nom à la lisière de l'onomatopée pour désigner un boui-boui poussé en bord de route et où, en surcroît du juke-box, des musiciens se produisaient le samedi soir pour rameuter la clientèle prolote des patelins alentour. Glissement métonymique, l'expression en est venue aussi à dénommer un style de musique country, plus citadin et électrique que le bluegrass rural et acoustique des Appalaches.

Sauf que là, elle s'abstient de le dire pour ne pas froisser, mais le beuglant est bidon, tout en rusticité reconstituée et frugalité toc. Tables et chaises dépareillées à dessein, briques apparentes, néons publicitaires de bières pour ouvriers devenues comble du chic néo-viril. Et puis, accrochés en bonne place, revenus dérivés auxquels n'avaient pas pensé les tenanciers de gargotes où jouaient Lefty Frizzell ou Hank Williams senior, les T-shirts, casquettes et mugs ornés du logo de l'enseigne, disponibles à la vente.

Mais ses copines l'ont amenée là pensant lui faire plaisir. Et avec un peu de mauvaise foi et de bonne volonté (et l'unique *frozen* Margarita qu'elle s'accorde avant de passer au club soda), il y aura moyen d'y croire.

Une fois de plus, allez, la conscience de l'illusion n'abolira pas l'illusion.

Sinon, à peine entrée, avant même d'être assise, elle a reconnu les premiers vers. *Well my daddy grew up in a small town in Oklahoma*

And you could say there wasn't much for a growin' boy to do. Une fois attablée, elle a confirmation. C'est bien eux : le groupe à chanteur tête de lard qui animait la noce le jour où elle a su qu'elle quitterait son mari.

Lui qui, en plein air sur la scène du ranch, dédaignait ostensiblement celui que prévoyait sa panoplie, là, à présent qu'il est à l'intérieur, constant et cohérent dans la contradiction, il parade en chapeau et pardon, pas n'importe lequel. Un Stetson en paille crème qu'il a fait remodeler pour afficher sa différence. Les bords sont plus abaissés devant et à l'arrière et, sur les côtés, plus relevés et rapprochés de la coiffe que dans une forme "cow-boy de rodéo" classique. C'est le chapeau de quelqu'un qui veut qu'on le remarque. Un chapeau de frimeur et de cabochard. Une "personnalisation" qui annonce la couleur : celui qui l'a conçue aime n'en faire qu'à sa tête et, comme dans le dicton qui donne son titre à la chanson de Merle Haggard, "porte sa propre sorte de chapeau".

Juste, là, c'est elle ou, par-dessous son chapeau tape-à-l'œil, il la fixe ?

Raise hell drink beer
That's all there is to do round here

Il faut lui laisser ça : il a la tête et la voix qui donnent envie de le croire quand il dit ça : foutre la merde, enchaîner les conneries, boire des binouzes, uniques loisirs envisageables dans ce trou. Et, pour le coup, c'est bien de la vraie, de l'orthodoxe, de l'authentique musique de *honky tonk* qu'on entend et la façon dont ils la pratiquent ressemble à une consécration d'ostie : si on récite la liturgie en y croyant et respectant le libellé, le transcendant s'invite. Et là, tandis qu'ils jouent, dans ce *Smokey's honky tonk* où hipsters et banlieusardes chics remplacent routiers, cow-boys et représentants de commerce, quelque chose d'authentique réussit à percer.

Son père, le Peau-Rouge Pied Noir fondu de bruit visage-pâle, apprécierait, et franchement, elle ne le leur dira pas, et si elle leur disait, les gaillards sur l'estrade ne se rendraient pas compte, mais jamais, dans leur vie, personne ne leur ferait d'aussi beau compliment.

Get your kicks, chasin chicks

Well we do it every day of the year

Vient un vers en particulier où elle entend le chanteur mettre tout ce qu'il a dans les mots qui le composent, à croire qu'ils expriment quelque chose qu'il s'est dit ou se dit encore, alors même qu'il les chante et relaie ce serment que fait le personnage de la chanson : un beau jour, il le jure, il décanillera d'ici.

Il s'enfuira. Un jour. Un jour… Mais pas tout de suite non plus…

But for now I'll keep raisin hell and drinkin beer

Deux chansons plus tard, la serveuse lui apporte une deuxième *frozen* Margarita.

Elle dit, mais je n'ai rien commandé.

La serveuse dit : de la part de Monsieur Fou-de-son-corps, là-bas, donnant un coup de menton en direction de la scène et du chanteur qui la fixe et lui adresse un petit signe.

Plus tard, elle lui dit : "C'était déplacé, quand même comme dédicace au micro : 'pour la cute MILF en *jeans* très ajustés assise là-bas'."

Il dit : "'Déplacé' ?"

Elle dit, "'*Mother I'd like to fuck*', pour parler en public d'une femme qu'on ne connaît pas, oui, c'est pour le moins goujat."

Il fait la moue : "*Well... Full disclo* : initialement c'est deux autres chansons que j'ai écrites qui m'étaient venues à l'esprit, mais vous voyez, comme premier contact, même moi, j'ai pas osé."

"Ah bon ? Pourquoi ?"

"La première s'appelle *Camel Toe*."

En l'entendant parler de "patte de chameau", comme on appelle si élégamment l'effet produit par un vêtement pour dames trop moulant au niveau de l'entrejambe (l'équivalent masculin, *moose knuckle*, restant beaucoup moins utilisé), elle se retient de vérifier. Difficile à faire, déjà, de toute façon, sans un miroir en face de soi.

Surtout, en l'occurrence, elle sait, pour y avoir bien pris garde, que justement, non : ses jeans paraissent peints sur elle sauf, par bonheur, à cet endroit-là. Elle soutient donc son regard et dit :

"Effectivement. Et la deuxième ?"

"Vertical Smile."

"Camel Toe, sourire vertical. Vous avez des thèmes récurrents..."

Il dit, "C'est pour ça que je me suis dit, Billy Joe Shaver, je prenais moins de risques."

Quand le verre est arrivé, ses copines ont applaudi, se sont moquées d'elle. Elle a senti que les filles s'agiteraient plus encore si elle le refusait. Elle a donc acquiescé et hoché la tête en regardant vers la scène, pour remercier. Lui, en retour, lui a dédié la chanson suivante.

"A présent, on va jouer une chanson que j'emprunte à brother Billy Joe Shaver, *Hottest Thing in Town*. Et ça va à la *MILF in super tight jeans sitted over there.*" Et d'attaquer : *she's the queen of the red hot mamas, hottest thing around.* Pendant qu'à sa table, ses amies sifflent et applaudissent. Traquenard. Elle est gênée et titillée à la fois. Curieuse de voir où tout ça va mener. Comment le type va s'y prendre.

She walks the walk and talks the talk, hottest thing in town.

Elle fait ce qu'elle dit et dit ce qu'elle fait, la plus bandante du coin. On est loin du Eric Rohmer en noir et blanc initialement prévu, soudain. Rien – *rien !* – ne se passe jamais comme prévu. Les scénaristes y veillent. Surtout les siens.

A la fin du set, il vient à leur table, demande poliment à ses copines s'il peut "kidnapper" leur amie deux petites minutes.

Une fois à l'écart, dans un recoin, en retrait de la scène, il dit l'avoir reconnue.

"Vous étiez là, à ce mariage. L'air de vous emmerder passablement."

"Vous aussi, je vous ferai remarquer. Or vous, vous étiez censés mettre de l'ambiance."

Il l'a reconnue, certes, mais, et c'est reposant, enfin un qui ne sait pas à qui elle est encore officiellement mariée. Et donc ne se comporte pas avec elle en conséquence.

Il dit, "*I'm Jason by the way*".

Il lui tend la main. Pareil que pour le verre qu'il lui a fait servir : à ce stade, c'est plus simple d'accepter et de tendre aussi la sienne, même si elle se voit obligée de la retirer parce qu'il la garde un petit peu trop longtemps.

"Esperanza."

"*Pleased to meet you Esperanza.*"

Elle ne répond pas qu'elle aussi, elle est heureuse de faire sa connaissance, parce qu'à dire vrai, elle n'est pas trop sûre.

Un blanc.

Elle dit, "C'est quoi le nom de votre groupe ?"

"Dark Triad."

Là, sûrement habitué à ce qu'on lui demande de quoi il s'agit. Sauf que pas de chance, elle voit très bien. Peu de mérite. Elle a eu l'occasion de réviser pas plus tard que l'après-midi même, grâce à cet article apparu sur son fil Facebook, lu en attendant son tour chez le dentiste. *Why do women fall for bad boys*, avec en dessous, *Why do the wrong men feel so right*? Pourquoi les femmes aiment-elles les hommes qui ne les aiment pas? Comment résister à une telle accroche? Et c'est comme ça qu'elle sait ce qu'est la triade noire:

Machiavélisme.

Narcissisme.

Psychopathologie.

La panoplie des *bad boys*, ces hommes toxiques dont, censément, les femmes sont toutes folles.

Elle a déjà lu ça vingt fois. Avec les régimes et le point G, c'est un classique de la presse féminine. L'article lui a juste rafraîchi la mémoire.

Prudent, l'auteur précise toutefois que machiavélisme, narcissisme et psychopathologie ne doivent pas être envisagés au sens psychiatrique, qu'il s'agit ici de formes "légères" de ces traits de personnalité – légères, mais malgré tout nocives, surtout si elles sont cumulées jusqu'à composer, donc, le caractère d'un de ces fameux "sales types", aussi dangereux qu'irrésistibles.

Ainsi sont-ils *machiavéliques*. Autrement dit, manipulateurs, menteurs, charmeurs, virtuoses dans l'art de profiter des femmes qu'ils séduisent et de les exploiter sans le moindre scrupule.

Narcissiques, parce qu'ils s'adorent. Egoïstes, mégalomanes, obsédés par l'image qu'ils projettent, surtout quand ils tentent de faire croire qu'au contraire ils s'en foutent. Du coup, leur abord sera attirant, puisque savamment calibré pour produire une illusion de naturel. Et puis cette confiance en eux qu'ils exsudent ! On peut s'y laisser prendre. L'amour qu'ils se vouent sait être contagieux.

Et *psychopathes*, parce qu'ils enfreignent les règles, s'en jugeant exemptés, et multiplient les comportements imprudents et irresponsables. Un temps, ils peuvent ainsi donner l'impression d'esprits rebelles, affranchis des convenances, des bonnes mœurs ou des contraintes du "vivre ensemble". Ça paraît excitant d'être comme eux.

Menteur, abusif, paresseux, égoïste, insensible, infidèle, le "beau salaud" lance un plus fort défi que le chic type sur qui on peut compter. Le soir venu, les gars gentils ennuient. "Stable" et "fiable" font bâiller. *Gimme danger handsome stranger.*

Tout ça, donc, elle l'a lu si souvent qu'elle pourrait presque écrire les articles elle-même. Celui de l'après-midi innovait, cependant, citant "une récente étude" sans en dire plus sur l'étude en question, et affirmait qu'en plus de la "sombre triade" mentale, le bad boy était aussi reconnaissable à certains traits physiques comme par exemple une mâchoire affirmée, un nez anguleux ou des yeux bien enfoncés.

Elle passe donc Jason, le chanteur de Dark Triad, en revue. A-t-il une tête de pervers narcissique et de psychopathe machiavélique ? Il a certes les yeux bien enfoncés, plutôt que globuleux et exorbités. Mais surtout, à force de travail devant la glace sans doute, il a parachevé une façon de porter la paupière sciemment lasse, mi-close, blasée par avance et goguenarde à la fois. Combiné avec ses lèvres épaisses, c'est du meilleur effet. Presque obscène, mais *in a good way*. Tout comme son sourire narquois et la pose assurée que l'on sent peaufinés, des heures et des heures durant, face au miroir, à se kiffer.

Elle lui dit, "C'est bizarre, comme idée, choisir un nom qui veut dire Machiavélique, Narcissique et Psychopathe".

Il fait la moue.

"Au contraire. C'est cool."

"Ah oui ?"

"Ben oui."

"Et pourquoi ?"

"Ça rend les nanas dingues."

Il coche toutes les cases, lui, clairement.

Elle dit, "Certaines, peut-être, oui".

Il dit, "Toutes".

Elle dit, "Et vous, alors, du coup, vous êtes tout ça ? Machiavélique ? Narcissique ? Psychopathe ?"

Œil mi-clos, regard en biais, demi-sourire et un temps avant de dire : "Ah, ça, moi, j'en sais rien. Ça, madame 'l'épouse de procureur général', ça va plutôt être à *vous* de me dire."

Donc, si, en fin de compte. Au temps pour elle.

"*I dunno missis Attorney General's wife. Why don't* you *tell me*?" En fait, il voit *très bien* à qui elle est mariée.

Fondu au

NOIR.

Fondu au blanc.

Au rouge, plutôt. Fondu au rouge (oui. Pourquoi s'en priver ? Tant qu'à faire, ce récit s'appuie commodément sur l'intelligence infuse en tout un chacun des codes et des figures de la narrativité cinématographique).

Une voiture roule dans le désert à l'aube.

Seule dans le véhicule, la conductrice chante avec l'autoradio.

Another vice, another call
Another bed I shouldn't crawl out of
At 7a.m. with shoes in my hand
Said I wouldn't do it, but I did it again

"7a.m." ? Il est en fait un peu plus tôt que ça. L'aube se lève et elle est splendide.

Garder présent à l'esprit qu'ici on est au sud de l'Ouest et à l'ouest du Sud. Dans le désert, aurores et crépuscules ne sont pas là pour enfiler les perles et ne prennent pas de prisonniers. Ors, pourpres et rouges se frottent et se répandent comme des hardeurs gays huilés.

Eclose ou déclinante, la lumière modulée est une fête folle d'elle-même.

Les Français disent qu'au bordel, le clou, c'est l'envolée des marches vers l'étage et le temps qu'on aura mis à les gravir. Elle saisit bien l'idée. Elle-même ne déteste pas le petit picotement éprouvé à l'"aller" vers un rendez-vous cul. Mais rien n'égale la flottaison alanguie des retours matinaux, seule dans l'habitacle-bulle de sa guimbarde Honda, unique véhicule ou quasi sur le macadam à deux voies, dans ce désert rien qu'à elle, privatisé.

L'aube, c'est bon signe. La nuit a duré, donc en aura valu la peine. Mais en règle générale, elle a de la chance, elle choisit bien. A ce jour, pas de coup ignoblement pourri, pas d'absolue catastrophe ferroviaire à déplorer. Pour autant, d'une fois l'autre, certaines, c'est agréable, satisfaisant, mais bon. Pas de quoi prendre racine non plus. Dans ce cas, elle rentre en pleine nuit. Le retour s'effectue en mode et mood *a much ado about, not quite "nothing", but certainly not much.* "Tout ça pour ça", comme diraient les Français, ou, comme dans *Did I Shave my Legs for This*, la chanson de Deana Carter : "c'est donc pour ÇA que je me suis rasé les jambes ?" – jambes toutes métonymiques, bien entendu, signifiant en réalité : est-ce donc juste pour *ça* que je suis allée cet aprèm endurer la cire chaude d'un "Brasilian" ?

Mais Dieu merci, le plus souvent, ce n'est qu'au petit jour qu'elle cesse de se prêter aux jeux et repart, repue, sonnée, allégée d'avoir bien exulté, vers le bercail.

Et quand elle roule ainsi et que les couleurs changent dès qu'elle regarde ailleurs, est-elle en train de courser l'aurore ou bien tout au contraire est-ce elle qui, le nouveau jour aux trousses, se jure de semer l'aube pour être dans *son* lit avant qu'elle n'ait pris fin ?

Qu'importe et, là, c'est un bon trajet. Les paroxysmes se sont enchaînés, atteints sans peine ni faire de manières. Elle se douchera chez elle.

L'aube est décidément splendide.

Toujours, ces moments-là, elle écoute Miranda. Elle écoute Miranda Lambert chanter son hymne, son chant de guerre, son refrain signature, elle écoute *Vice*, en boucle, à l'infini, répétition que la chanson préconise d'ailleurs elle-même dès le premier couplet. *Steady as a needle dropping on a vinyl.* Fiable comme un diamant qui se pose sur un vinyle. Titre de variète dans le juke-box sur un amour parti en couille. 33 tours, 45, ou même 78. *When it hurts this good you gotta play it twice.* Une douleur si exquise, obligée, tu la rejoues deux fois. *Another vice.* Une de ces manies que tu as.

Donc si c'est ça ? Allez ! Encore une fois. *Another Vice* : à nouveau *Vice* qui sort des haut-parleurs. Et encore. Et encore. *Twice* ? Loin du compte. Ironie récursive, le titre lui fit exactement cet effet-là d'emblée en l'entendant la première fois : elle écouta la chanson et la rejoua alors sur-le-champ une deuxième. Puis une troisième. Puis une autre. Elle n'a écouté que ça, "en boucle" comme on dit, pendant plus de 48 heures. S'arrêtant sur des parkings vides pour pouvoir couper le moteur et mieux l'entendre.

Et depuis, c'est son chant du coq (on se gardera de calembours bilingues), son compagnon des retours d'assouvissements parfumés de fluides mixtes. Ce morceau bien nommé est son petit rite obsessionnel mignon et parle comme personne ni rien auparavant des siens, de vices.

"Vice", attention, pas au sens d'activité criminelle liée à l'industrie du sexe. Ou de tendance malsaine induisant des pratiques dégradantes (quoique, ça, encore, ma foi, c'est comme tout : il faut voir comment c'est fait). Non. "Vice" au sens de défaut, de trucs qu'on fait mais qu'on ne devrait pas parce qu'ils ne sont pas forcément excellentissimes pour soi (la clope, genre. C'est un "vice", par exemple). Les bénignes tentations auxquelles on succombe, les "faiblesses" de caractère, les "mauvaises" habitudes, mais sans qu'il y ait mort d'homme non plus. Juste une petite imperfection. Un défaut véniel. Tour à tour au long de la chanson, "vice" voudra donc dire manie, addiction, vice de forme ou de fabrication. Non, décidément, "mauvaise habitude" en reste bien la meilleure traduction.

Ainsi, elle, n'est-elle pas *vicieuse*. Juste affligée de maints petits vices.

Another vice. Un autre tic. Un autre toc.

Il y a ce couplet qui parle de verre déjà vidé bien avant que la glace n'ait eu le temps de fondre. Elle, l'alcool n'est pas son problème. Mais elle n'aurait pas su mieux écrire ce refrain terrible. *Another vice, another call.* Une autre faiblesse, un autre coup. *Another bed I shouldn't crawl out of.* Un autre lit hors duquel je ne devrais pas être en train de m'extirper. *At seven a.m. with shoes in my hand.* Tout petit matin, escarpins à la main. *Said I wouldn't do it, but I did it again.* J'avais dit je ferai plus mais je viens juste de. *And I know I'll be back tomorrow night.* Et demain soir, pas se mentir, je vais remettre ça.

Oh, another vice. Oh, encore un défaut.

Juste un. *Another vice.*

Comme là. Elle roule. La nuit fut bonne. L'aube est glorieuse. Son hymne la galvanise. Alors pourquoi aimerait-elle encore que le photographe soit là, sur le siège du passager, *riding shotgun*, la place du garde armé dans une diligence, à côté du cocher – la place du mort, comme disent les Français au regard des statistiques de leur Sécurité routière. Le photographe, là, en voiture avec elle, pour partager l'aube avec lui ?

C'est quoi ce binz ? Qu'est-ce qu'il vient lui traverser l'esprit soudain, alors qu'elle rentre tout imprégnée des sucs d'un autre ?

Vouloir le beurre et l'argent du beurre. Vouloir une chose et son contraire. Plutôt vouloir une chose et son *complément*, préfère-t-elle dire. Vouloir faire – vouloir jouir de –, ce qu'elle veut comme elle veut au moment où elle le veut.

Ça, pour le coup, oui : c'est un autre défaut qu'elle a. *Another vice.*

Alors, pour autant : *tout* dans sa vie n'est pas cul cachotier, lascivités occultes ou simagrées coquettes 2.0 du soir. Son existence, Dieu en soit loué, présente aussi un pan que le soleil éclaire, un versant exposé pendant les heures ouvrables, un métier qu'elle adore. Et, non, ce n'est pas un change qu'elle donne. Elle n'est pas moins elle-même au grand jour qu'en secret. D'ailleurs, s'il ne tenait qu'à elle… Là, c'est l'ordre des choses qui l'oblige à tout étanchéifier. Mais elle, de son point de vue, l'un n'irait pas sans l'autre. Comme là, la nuit fut blanche, le jour fut long, mais c'est bien volontiers qu'elle va faire illusion. En effet, sur l'écran, le présentateur d'*Eyewitness News4 at 6* sur KOB4 NBC Albuquerque vient de dire à sa collègue co-présentatrice du JT de 18 heures "et pour en savoir plus nous rejoignons Joy-Megan Todesco à Giraud".

Et soudain c'est à elle. Elle est à l'antenne. "*Live*", la journaliste dit, s'adressant à la caméra plantée en face d'elles deux, "tout à fait Barett, je me trouve au

John Giraud Art Center en compagnie de son *executive director* Esperanza Running-Wolf-Carver. Esperanza, merci de nous accueillir. Ce week-end, le Centre célèbre ses dix ans d'existence, ça vous fait quoi, ce dixième anniversaire ?"

"Pour toute l'équipe, pour les artistes qui ont partagé l'aventure avec nous, mais aussi pour les Giraldiens qui nous soutiennent depuis le début, c'est forcément un motif de fierté. Qui aurait pu dire il y a dix ans quand tout a commencé que nous serions encore là aujourd'hui ?"

C'est déjà stressant en soi d'être interviewée en direct à la télévision, mais ça l'est deux fois plus si l'on sent hors champ la présence et le regard diversement bienveillant des membres de son conseil d'administration, de son staff et d'utilisateurs des services qu'on dirige. L'interview en direct tombe en plein le jour et l'heure de la réunion préparatoire mensuelle. Il eût été facile de la déplacer. Mais la présidente du board, Stephanie-Lou Schucks, a dit que non, on ne changeait rien, ce serait très bien comme ça. Esperanza fera l'interview et on se réunira dans la foulée. Elle récite donc comme si elle le disait pour la première fois : "La mission du Centre consiste à favoriser, grâce aux arts plastiques, la créativité, la culture et la qualité de vie à Giraud et dans le comté de McClure." Depuis le temps, ses réponses sont si rodées qu'elle pourrait les servir pendant son sommeil – ce qui n'est pas loin d'être le cas, là, compte tenu de son état de fatigue. “Dans ce but, nous proposons deux galeries d’art, des conférences d’artistes invités, des accrochages d’œuvres de nos artistes membres ou des élèves de nos divers ateliers, ainsi que des initiatives de création d’art dans l’espace public, comme la décoration des bennes à déchets du centre-ville ou l’exécution de fresques murales sur des bâtiments en cours de réhabilitation.”

L’équipe a remballé. Stephanie-Lou a lancé la réunion.

Dieu lui est témoin. Elle avait bien veillé dans la journée à évoquer les “artistes membres”. Mais, au montage, la journaliste a préféré garder les soirées *Wine and paintings* (“vous aussi, pour 35$, produisez un chef-d’œuvre en dégustant deux verres de vin et les amuse-bouches offerts par le Centre”) ou des distributions de kits de peinture aux enfants de la réserve voisine. C’est le choix de la journaliste. Mais c’est à elle, Esperanza, que certains vont en vouloir.

Elle ne raffole pas forcément des “artistes membres” en question. Ni d’un point de vue artistique, ni à titre personnel. Cependant, elle veille à réserver d’identiques attention et bienveillance, par exemple à Carol Chavez, gentille fille, mais dont la manie de peindre rochers, nuages ou fleurs en leur donnant l’allure d’une vulve peut finir par lasser. Ou à Tera G. Pablo. Tera G., elle, photographie des paysages, colorie les tirages, puis les découpe et réassemble comme un puzzle. Ce faisant, à l'en croire, elle interroge la notion d'espace, de proportion et de couleur en fusionnant divers médias.

Autre artiste membre, Orlando Ardis présente pour sa part la particularité d'être diné, autrement dit navajo, et gay. La colonisation européenne et, avec elle, les menées d'évangélisation ayant chamboulé chez les populations indigènes une tradition étonnamment gay friendly, le malheureux suscite des hostilités au sein de sa communauté. Sa "différence" et l'adversité à laquelle elle se heurte tendent à lui tenir lieu de talent, et à museler la circonspection qu'inspireraient sans ça les "cris" naïfs que ses productions poussent. Mais à défaut d'être subtil, le garçon est courageux et par-delà ses prévisibilités, elle l'aime bien.

Sans, espère-t-elle, trop le laisser paraître, elle a en revanche plus de mal avec Joe L. Dicker. "Injun Joe", comme elle l'a surnommé en référence au terrible Joe l'Indien de *Tom Sawyer*.

D'ascendance, non pas navajo, mais apache chiricahua, transplanté on ne sait trop pourquoi de son Arizona natal à Giraud, New Mexico, Injun Joe se spécialise dans la représentation de massacres et charniers indéterminés, mais où l'on identifie aisément le génocide perpétré au Nouveau Monde par les Européens. Artifice d'une brute déguisé en "art brut", ses images d'éviscérations seraient originales si Jean-Michel Basquiat n'était pas passé par là. Au lieu de quoi, révulsants à plaisir, ses travaux procèdent par intimidation, sommation et mise au défi. Leurs crudité et cruauté presque pornographiques tendent à culpabiliser le visage-pâle – ou surtout la femme blanche. Et ça marche. Stephanie-Lou, la présidente du conseil d'administration, est très fière d'accueillir cette "vision intransigeante et radicale", illustration parfaite de l'audace et des largeurs de vue du Centre. Si elle le dit…

Le sang blackfoot dans ses veines dispense la directrice d'éprouver la "repentance" que le roublard chiricahua réussit si adroitement à instiller aux autres. L'Indien le sait. Et lui épargne son cinéma.

Sinon, en matière de testostérone sur-concentrée, il y a aussi l'autre, là, David Davidson, le pilote d'hélicoptère avec un nom facile à retenir. Plutôt beau gars, clairement pas con, mais, *dude* ! Tellement conscient des deux que ça n'est juste pas possible. Elle ne se souvient pas de l'avoir vu gaspiller une occasion d'évoquer son admission au programme *Fine Arts* de l'Université du Michigan à Ann Arbor, alors classée huitième meilleure école d'art du pays. Ayant ensuite piloté des *Blackhawks* en Afghanistan, depuis son retour à la vie civile, il assure le transit des effectifs des plates-formes pétrolières disséminées dans le golfe. Les éclaboussures dont il asperge ses toiles laissent les cendres de Jackson Pollock reposer en paix, mais le regard qu'il promène sur ses collègues plus figuratifs est lourd d'une supériorité dont le bien-fondé reste flou.

Stephanie-Lou lui a passé la main. Mais avant de conclure, il va falloir qu'elle tranche, elle qui ne rêve que de son lit. Joe l'Indien et David Davidson le pilote d'hélicoptère au nom facile à retenir ont recommencé. Ainsi en va-t-il quasiment de chaque circonstance organisée par le Centre. Les deux alpha mâles exécutent une routine dorénavant huilée. L'Apache agresse quelqu'un. Souvent Orlando Ardis, le jeune Navajo dont la sensibilité contrevient à l'idée que se fait Joe de l'indianité au masculin. Mais ça peut aussi tomber sur l'une des filles. Rituellement, comme de juste pour le détenteur d'un brevet de pilotage, l'ancien militaire vole alors au secours de l'agressé.e.

D'ordinaire, elle laisse parler et que le meilleur gagne. Là ça va être plus dur. L'algarade concerne les contours du concept d'appropriation culturelle. Le jeune Orlando, toujours prêt, c'est un peu son défaut, à lancer des idées sans forcément les maîtriser, insinue que Tera G. Pablo s'en serait rendue coupable. Piquée, l'accusée le somme d'étayer. Et l'indigné alors d'évoquer une récente création de la paysagiste multimédia : fidèle à sa méthode "signature", Tera G. est allée photographier les entrailles bucoliques du canyon de Chelly, merveille du monde enchâssée dans la roche rouge du pays navajo, afin de pouvoir ensuite colorier à sa guise les tirages noir et blanc, les découper et les reconstituer avec une maladresse travaillée. Jusque-là tout va bien. Mais le site est terre sacrée pour les Diné, si bien qu'en la repeignant puis découpant, Tera G. la vertueuse ne s'est-elle pas cyniquement rendue coupable d'appropriation aggravée de blasphème ? Hmm ? Orlando n'a pas peur de poser la question. Toujours content de mettre son grain de sel, surtout si c'est sur une plaie, Joe L. Dicker surmonte ce que lui inspirent d'ordinaire les préférences du jeune Orlando et se joint à lui pour accabler la visage-pâle.

Or, Dieu et le grand Wakonda savent comme Tera G. Pablo a le génie de se rendre urticante, mais cette fois, c'est injustement que le front *native American* s'en prend à elle. Faute d'éléments assimilables à une zone génitale féminine, Carol Chavez reste la tête dans ses nuages, cachée derrière les fleurs. En revanche, fidèle à sa chevaleresque habitude, David Davidson le pilote d'hélicoptère au nom aisément mémorisable intervient, sans qu'on sache s'il préfère secourir la demoiselle en détresse ou se comparer l'engin avec le Chiricahua.

Plus encore que son titre de directrice exécutive, sa généalogie mixte va exiger d'elle qu'elle arbitre. Elle attrape son téléphone et va faire un tour en ligne. Une fois sur la bonne page, elle interrompt les chicaneries.

"Je suis sur le site de l'université d'Oxford. Oxford, *England*. Pas Mississippi. Et voilà ce que j'y lis : '*Définie comme l'utilisation des symboles, composantes, codes rituels ou techniques d'une culture donnée par les représentants d'une autre culture, l'appropriation culturelle peut être divisée en quatre catégories : l'échange, la domination, l'exploitation et la transculturation.*'" Elle leur laisse une seconde pour digérer l'info, puis enchaîne. "Nous serons d'accord pour considérer que les formes d'appropriation condamnables sont la domination et l'exploitation. A l'inverse, l'échange, la pollinisation croisée des cultures et des arts ne peuvent qu'être encouragés." Nouvelle pause, le temps pour d'éventuelles objections de se formuler. "Pour qu'il y ait domination, il faut qu'il y ait pouvoir. Pour qu'il y ait exploitation, il faut qu'il y ait profit. Sauf miracle, je ne vois pas les créations de notre amie s'arracher aux enchères pour des montants qui l'assimilent aux bénéfices d'une marque de vêtements fabriqués en Asie par des enfants non rémunérés." A voir la tête qu'elle fait, Tera G. semble se demander si des avocates comme Esperanza Running-Wolf ne la dispensent pas de détracteurs comme Joe L. Dicker, mais s'abstient pour l'instant de réagir. Bien lui en prend. La suite la rassure vite : "Clairement, dans son cas, il s'agit d'absorbtion et de réinterprétation, donc d'art." Soulagée, Tera G. opine. "Je vous propose qu'on enchaîne ? Donc, le calendrier des expos. Je pense que Tera devrait ouvrir la saison, justement."

S'ils savaient. *Man is what he hides.* "La vérité d'un homme, c'est ce qu'il cache." Ça doit valoir pour une femme également. Presque plus encore, tiens, en fait !

Comme, par exemple, ça :

Six mois après s'être séparée de son mari, elle a donc fait la connaissance de Jason. Jason Loudermilk, chanteur "leader" de Dark Triad.

Le garçon a bien choisi le nom du groupe dont il est la vedette. A ce point de conformité à une définition, on confine à l'outil pédagogique. La "triade noire", en effet, c'est tout lui.

Son narcissisme, par exemple : fat, satisfait, tout self-boursouflé – à force de le voir si convaincu de son irrésistibilité, on a beau être prévenue, un tel contentement de soi finit par ébranler. Et si c'était justifié ? Comme l'assène le magazine : "l'assurance est sexy". Dont, si l'on ose dire, "acte". L'autre s'adore. Et elle, eh bien, conscience de l'illusion n'abolissant pas l'illusion, la voilà un chouïa hameçonnée.

Psychopathe ? Oui, quand même un peu. On considère d'ordinaire que certains fantasmes gagnent à demeurer juste ça : des fantasmes. Les bad boys, eux, effectuent "en réel" tout ce qui passe par leur tête, même et surtout le plus barré. Rappel : ils se foutent des conséquences et croient que tout leur est dû – ce qui, au lit, peut se révéler bien, et pas bien à la fois. Car après, c'est comme tout : dépend comment c'est fait.

Machiavélique enfin ? C'est là où, pas se mentir, ses scores sont les moins bons. Le recours à Machiavel postule un peu d'intelligence. Lui, hélas, et foin de la si haute idée qu'il a de sa personne, alors, franchement, soit dit sans méchanceté, il n'est pas très fufute. Non. Ni à proprement parler vraiment "doué-doué" non plus. Du moins pas en musique, à en juger par celle qu'il a la triste idée de s'obstiner à produire – sans que ça l'empêche d'en avoir plein la bouche : "*my music this, my music that.*" Un génie encore méconnu mais à propos duquel, à l'en croire, le monde ne perd rien pour attendre. De fait, en attendant, le monde ne perd *rien*. Le monde, troublé comme chacun sait, a assez fort à faire sans s'infliger en prime son "country punk" porno, constitué de titres qui sonnent comme une devise (*Nice Guys Finish Last*), un idéal de vie (*Expensive Pussy*), un éclair de lucidité (*Epic Fail*) ou une langueur existentielle (*Been There Done That*).

Pas très fufute. Pas très doué-doué. Du moins, donc, en musique. Car pour le reste, bordel de merde, certes, il est con, mais, "physiquement", n'est-ce pas, comment il fait la farce, le saligaud. Comment un garçon objectivement si limité peut-il bien lui faire tant d'effet ? A croire que sa bêtise éprise d'elle-même agit comme un aphrodisiaque. Parce que bon sang ! *The heart has its reasons that reason knows nothing about*, dit ce philosophe français. Le cœur, sûrement. Et plus encore d'autres points névralgiques : *yessur* ! Le point G a des raisons qui se branlent d'être raisonnables.

Elle déroge à tous ses principes avec lui. Trente ans ! Pourtant elle lui a dit : s'il est en chasse d'une vieille qui lui apprenne des trucs, il s'est trompé d'adresse. Elle est prof dans la vie. Pas au lit. Il s'avère vite que c'est plutôt lui qui lui révèle des choses.

Elle pensait que ça passerait en quinze jours. Mais ça dure depuis des semaines qui vont finir par faire des mois. Et parmi ses occasionnels, il est devenu de loin le plus régulier. Elle ne sait pas ce qu'elle lui apporte de plus qu'une jeune. Quarante-quatre ans et trente quand même. C'est le seul de ses partenaires avec lequel elle n'échange absolument pas entre deux séances. Mais son obstination et son assurance lui plaisent. Une fois, il est arrivé en jogging et T-shirt. Heureusement qu'il a de l'allure, le bougre. Et ce jour-là, elle eut beau démasquer la posture dans sa façon de feindre n'en adopter aucune, la coquetterie à rebours lui a plu. Il est sans filtre. Totalement décomplexé. C'est à double tranchant, sûrement. Mais pour l'heure c'est… Rafraîchissant. Et, certes, ils baisent violemment, mais la douceur qu'il sait manifester ensuite, ces gestes-là, la rendent dingue. Elle se fait la remarque à elle-même : sous ses airs de garce, elle a besoin de tendresse… C'est con, hein ?

Après, d'un point de vue pratique, c'est un peu de l'acrobatie, à tous les sens de l'expression (et peut-être ça *aussi*, par-delà l'inconfort et la complication, constitue-t-il un piment. Va savoir). En effet, elle ne peut le recevoir chez elle à cause de sa fille. Et puis, elle n'est pas sûre qu'il s'agisse d'un olibrius qu'on laisse entrer chez soi. Mais elle ne peut pas non plus aller chez lui car lui-même, voyez-vous, "Dark Triad" ou pas, il habite chez maman dans un vieux mobil-home. Quand il en parle, bien sûr, c'est provisoire. "C'est en attendant que je rebondisse. Mais bon, là de toute façon, avec la musique, je suis pas là souvent." Tout à fait. Elle laisse dire. Juste, à partir de là, elle, compte tenu de son statut d'épouse de procureur général, les motels sont proscrits. Toujours un réceptionniste ou une femme de ménage qui va les reconnaître, elle ou sa vieille Honda. Donc, c'est principalement dans la nature, un coin perdu de désert. Et quand la météo ne permet pas de dérouler une couverture, c'est dans les habitacles qu'ils s'ébattent. La Honda, sièges rabattus ou plutôt, de préférence, son pick-up truck à lui, plus spacieux.

Mais ce soir, là, la nuit est chaude, à tous les sens qu'on voudra donner à l'expression, ils sont dehors. Eclairés par les phares de son truck.

Il est assis sur un gros rocher, son chapeau de frimeur sur la tête. Elle est à genoux entre ses jambes écartées. Il la filme avec son portable pendant qu'elle le suce. A un moment, il lui dit d'arrêter. Dans le cadre de son téléphone, il doit donc y avoir sa bite en érection, sa main droite à elle enroulée autour, maintenant la pine en l'air bien droite, comme la hampe d'un drapeau et juste au-dessus, son visage.

Il lui fait dire son nom : Esperanza Running-Wolf-Carver.

Qui elle est : je suis la femme du procureur général de l'Etat.

Ce qu'elle fait : je dirige le *John Giraud Art Center.*

Et puis énumérer tous les trucs de cul hard qu'elle aime. Dans le détail. Ce qu'elle aime faire. Ce qu'elle aime qu'il lui fasse.

Puis lui fait dire pourquoi. Elle s'affuble alors elle-même des noms les plus orduriers avec délectation.

Entre deux phrases, d'elle-même, elle revient à sa queue pendant quelques secondes avant de recevoir l'instruction suivante.

C'est délicieux. Sur le moment elle adore, elle fond comme une perdue, savourant chaque seconde, mais pendant qu'elle savoure chaque seconde et tout en fondant comme une perdue, une voix en elle lui dit qu'elle est en train de faire une grosse grosse *grosse* connerie et qu'un jour, tôt ou tard, elle va le regretter.

Mais pour l'heure elle s'exécute.

Je suis femme de procureur, je dirige le *John Giraud Art Center.*

SLURP.

Etc.

Sans que cela ait quoi que ce soit à voir avec les systèmes d'exploitation des ordinateurs, plusieurs chansons américaines s'intitulent *I Don't Do Windows*. Les plus connues sont celle, country, de Hank Cochran ("je nettoie pas les fenêtres et j'irai pas en enfer par ta faute") et celle, soul, cette fois, de O.V. Wright produit par Willie Mitchell ("en amour, je ne fais pas les fenêtres, ni le verre, ni les montants"). C'est qu'en "parler populaire" local, l'expression s'utilise pour dire j'ai mes limites, je ne suis pas prêt ou prête à n'importe quoi non plus pour gagner ma vie.

Ainsi, toute petite déjà, Esperanza Running-Wolf savait-elle qu'elle ne voudrait pas, grandissant, se retrouver à "faire les carreaux". Littéralement. Pas davantage aux sens plus figurés.

La rebutaient a priori et par principe les activités dites "de filles" ou le destin féminin... "Etre *femme*", soit, ça pouvait présenter des avantages, semblait possiblement intéressant, mais pas comme ça, pas pour ça.

Ainsi, ado et jeune adulte, sa réfraction au conjugal et plus encore sa réticence à la maternité.

Après, elle ne juge pas.

Certaines féminités s'accomplissent dans l'intendance et les arts d'intérieur, le génie ménager ? Grand bien leur fasse ! Tant mieux si ces hôtesses parfaites trépident rien qu'en chiadant leur maisonnée. Pour sa part, la féerie du logis lui fait l'effet d'un larbinat – et genré de surcroît. Donc femme, oui, "féminine", avec et sans guillemets, coquette, si vous voulez, mais pas pour faire les vitres.

L'aménagement de l'endroit où elle vit n'a donc mobilisé que le strict minimum d'argent ou d'attention. Il est confortable, maintenu, fonctionnel. Aussi joli que possible, tant qu'à faire. Mais il ne viendra à personne l'idée de le photographier pour une revue.

Son apparence à elle mobilise certes un peu plus de temps. Elle ne déteste pas se faire belle. Et encore. Le soir, pour sortir, oui. Mais s'il s'agit juste d'être présentable le matin, déjà moins. Plus de temps, donc, mais à peine plus d'argent. Elle a de la chance, elle a vite de l'allure, même avec des choses simples.

Et donc voilà. C'est elle. Elle est comme ça.

Si, dans son inimitable style graveleux, celui dont la tonalité si particulière affleure dans des pépites telles que *Vertical Smile* ou *Expensive Pussy*, Jason Loudermilk se mêlait d'ajouter au répertoire de Dark Triad une chanson inspirée par l'épouse de procureur qu'il pine dans le désert, le refrain pourrait en être, *she swallows when she blows/but she don't do windows*. Elle avale quand elle suce, mais ne fait pas les carreaux.

Au figuré.

Et littéralement.

Parfois, en raccompagnant leur fille, Mike en profite pour récupérer un document ou régler de vive voix une question d'intendance. Son monospace noir aux vitres teintées de procureur général de l'Etat stationne devant la petite maison de plain-pied qu'ils ont achetée ensemble et continuent à rembourser tous les mois. Le chauffeur et l'agent de sécurité restent dans le véhicule.

Ça ne dure jamais longtemps. C'est très bien comme ça. Leurs rapports sont intelligents, civilisés. Une séparation plus réussie encore que le mariage, pourtant longtemps si harmonieux, qui l'aura précédée.

C'est étrange de le voir dans ce salon, à présent. Elle le voit balayer la pièce du regard. Elle ignore s'il inventorie ce qui demeure à l'identique ou au contraire recense les nouvelles piles de livres, un cadre remplacé.

Elle sait pourquoi elle aura passé quatorze ans avec lui. Il a de la prestance, une masculinité aux normes, telles qu'établies par l'industrie du divertissement. On l'imaginerait bien jouant un chirurgien dans une série médicale. Sa fin de cinquantaine confirme une belle mine tempérée qui sécurise autrui mais aux côtés de laquelle on finit par se faire chier.

Parfois elle met du temps à retrouver la pièce dont il a besoin. Elle sent alors qu'il juge sa désorganisation mais se retient de le dire. Pas comme ces fois où sa phrase commence par "ça ne me regarde pas", ou pire, "ça ne me regarde *plus*" – ou celui qui l'horripile le plus parmi ces préambules, "je sais que tu n'as pas de comptes à me rendre" (qui l'énerve presque autant que s'il disait "je sais que tu n'as *plus*..."). Et alors suit chaque fois un "mais" comme un couperet. "Tu n'as pas de comptes à me rendre *mais*..." Elle prend sur elle, attend que ça se passe. Wynona est au bout du couloir. Hors de question qu'elle les entende gueuler. Et à quoi bon, d'ailleurs. Protester ne ferait que rallonger, alors que là, dès qu'elle trouve le papier, il repart. Or justement, ça y est. Elle a localisé le document. Elle savait qu'il n'était pas loin. C'était bien la peine de tant s'impatienter. Il va y aller, du coup. Appeler Wynona pour lui dire au revoir. Mais non. Il ne donne pas l'impression de vouloir décamper tout de suite, comme s'il avait un truc à dire mais ne savait pas quand ni comment. Elle décide de l'aider : "Ça se passe bien, tes hautes fonctions ? Ça ressemble à ce que tu imaginais ?"

Il répond à côté et elle comprend alors que c'est *ça* qu'il est venu lui dire. La tirade sonne préparée : "La question, ça va bientôt être de savoir si je me présente pour un deuxième mandat ou pas. Dans l'hypothèse où je décide d'y aller, l'une des questions annexes devient alors de savoir s'il est préférable que nous divorcions avant ou après la campagne."

“Ah ? Et ce serait quoi les arguments en faveur de l’un ou de l’autre ?”

“Ça n’est pas complètement arrêté. J’ai des gens qui planchent dessus.”

Elle imagine de jeunes génies de la com ou de la stratégie avec des *paper boards* : “Sa femme est moitié indienne, ça peut constituer un plus.” “Ça dépend auprès de qui.” “Elle donne des cours gratuits aux enfants des réserves.” “Oui mais des œuvres exposées dans son musée ont plusieurs fois choqué des groupes évangéliques.” Etc.

Il dit, “Je voulais juste te tenir au courant. Que tu saches que ça peut se retrouver sur la table dans les mois qui viennent. Ou pas”.

“D’accord.”

“Parfait. Bon eh bien je vais aller dire au revoir à Wyno—”

Elle le coupe.

“Et si par exemple moi, pour X raison, je souhaitais divorcer avant l’élection, mais que ‘tes gens qui planchent’ considéraient, eux, qu’il vaut mieux attendre que tu sois réélu, il se passe quoi ?”

“Pourquoi tu me demandes ça ? Tu voudrais divorcer maintenant ?”

“Non. Rien ne presse. Je demande juste. Si moi je voulais et que tes conseillers pensaient différemment, il se passerait quoi ?”

“Rien. Il ne se passerait rien, car pour l’heure le problème ne se pose pas. Notre organisation actuelle fonctionne bien, donc inutile de se prendre la tête sur une question purement virtuelle à ce stade.”

“Pardon, la question virtuelle c’est toi qui l’as posée, je te signale.”

“Je sais. Mais pour l’instant, notre arrangement nous convient à tous les deux. Et si un jour il apparaît que cela peut m’être utile de changer, alors je suis convaincu que tu auras à cœur de me faciliter les choses.”

Voilà. Elle est prévenue. Elle garde son énergie pour les choses concrètes. Elle appelle Wynona pour qu’elle vienne dire au revoir à son père.

C’est une femme qui gouverne le Grand Etat du Nouveau-Mexique. A l’évidence, Carmen Mastas-Kelly ne fait pas les fenêtres du palais des gouverneurs où elle réside dorénavant avec sa famille, pas plus qu’elle ne frotte les carreaux du Capitole de l’Etat où se logent ses bureaux. Ses experts en communication s’arrangent pour la faire photographier ou filmer alternativement dans l’un et l’autre selon qu’il s’agisse de projeter l’implication manches retroussées et la compétence sereine, l’apparat et le patriotisme de tradition ou encore la proximité et la normalité. Souvent Mike, cinquième dans l’ordre protocolaire, figure sur la photo ou dans le reportage, qu’il s’agisse de lutter sans concessions contre le crime, de lancer le *Hatch Chile Festival* pendant le *Labor Day week-end* ou de déclarer officiellement ouvert l'*Hispanic Heritage Month*. En passant par les immanquables *memorial day parades*, inauguration des décorations de Noël, ou pique-nique du 4 juillet dans les jardins de la résidence. Dans ces cas-là, ce que le *great State of New Mexico* aligne comme dignitaires est convié avec conjoints. L'occasion de voir sourire, diversement endimanchés, maris des unes et épouses des autres, à l'exception de Mike, souvent seul invité dépourvu de "*plus one*" officiel à son bras.

Putain, chaque fois qu'elle tombe sur l'un de ces reportages, le soulagement d'avoir sauté du train à temps. Quelle horreur c'eût été. Faire honneur, bonne figure, flasher ses dents, tenir son rang. Désolée. Mais non. *Don't do windows.* Oh, elle a bien conscience du gâchis. Certaines se damneraient pour la place dont elle n'a pas voulu.

Wynona est sous la douche. Elle dit qu'elle arrive. Juste le temps d'enfiler un truc.

Son père dit, "C'est quoi tous ces gobelets ?"

Plusieurs paquets de cent gobelets en plastique sont remisés dans un coin du salon. Elle n'a pas encore eu le temps de les ouvrir.

"C'est pour fabriquer une boule à facettes."

"Une quoi ?"

"Une boule à facettes. Pour le spectacle de danse de Wynona à la fin du mois. J'espère d'ailleurs que tu as bien noté la date et que tu seras là."

“Ça, je ne te promets rien.”

“Garde-t’en bien. Ce n’est pas à moi que tu dois ‘promettre’ quoi que ce soit.”

“En l’occurrence, si je ne peux pas venir, ce n’est pas Wynona qui m’en fera toute une affaire. C’est toi. Donc là, je te dis : je ferai mon possible. Mais je préfère ne pas m’engager. Comme ça, si je peux venir, Wynona sera contente et moi aussi. Et si je ne peux pas, au moins, tu ne pourras pas comme d’habitude me reprocher d’avoir ‘manqué à ma parole’ vis-à-vis d’elle.”

“‘Comme d’habitude.’ Comme si je passais mon temps à te faire des reproches.”

“Quand il s’agit d’elle, oui, tu me reproches assez volontiers mon travail. La place qu’il a prise dans ma vie. La distance qu’il a mise entre nous. Donc le spectacle, je ferai au mieux. Mais je ne peux rien promettre.”

“Okay. On verra bien. Juste, laisse-moi rectifier un petit point. Je ne t’accuse de rien. Et certainement pas de m’avoir prise en traître. Tu n’as pas pu m’avertir que ta vie deviendrait ça parce que tu l’ignorais toi-même. Ce qui t’arrive aujourd’hui, tu n’en avais même pas envie quand on s’est rencontrés. C’est ton droit d’avoir évolué. C’est le mien de ne pas avoir envie de suivre ce mouvement. Tu es d’accord ?”

Elle sent qu’il se retient de dire, quand même, *tu étais ma femme*. Ma. Femme. Et donc à ces *deux* titres tu me devais respect, fidélité – et présence ! Tu aurais pu/dû m’accompagner dans l’aventure. Mais il n’oserait jamais dire ça. Elle lui rend cette justice, il n'irait même pas le penser *vraiment*. L'idée pourrait le visiter, mais serait aussitôt récusée. Il a les qualités de ses défauts : retenu et posé au point de parfois barber, le machisme atavique reste chez lui minimal. Et elle lui sait gré de ça.

Tout ça pour dire, voilà : elle est comme ça. Elle fait des boules en gobelets. Mais pas les fenêtres. Et pas non plus figurante au deuxième rang pour les lancements officiels des mois de l'héritage hispanique.

Reste qu'en attendant, l'air de rien, sans le dire et en veillant surtout à ne pas lui donner de nom, ça lui convient assez, cette situation.

D'un côté, elle badine, elle béguine sans l'avouer, sans risques ni conséquences, ça flirtaille, l'humeur chante, c'est suavement romantique, et ça, ma foi, un soupçon de romantisme, on a beau dire, on a beau faire, s'il s'en présente, on ne crache jamais dessus. Surtout comme là : de loin – car si c'est ça qui est bête, c'est aussi ça qui est bien : la distance enlumine et avive les émois tandis que la gluance IRL d'un épris arapède lui demeure de facto épargnée. C'est le fruit défendu exempté de pépins. Le cœur gazouille, donc, fredonne insouciamment d'écervelés refrains, tandis qu'autrement, ailleurs et des œuvres d'un autre, le corps exulte costaud. Entre deux échanges guillerets avec le photographe, il y a le cul barré bien délire avec le déglingo. C'est win-win. C'est étanche. Cœur et cul séparés. L'un ne vient pas brouiller l'autre, ni l'inverse. N'est-ce pas plus propre comme ça ? Comme ces juifs pratiquants équipés de deux frigos. Le sang ne se mêle pas au lait, ni chez elle libido lâcher-prise et flirtation épistolaire. Donc, oui, elle ne l'a pas vu venir, elle n'aura rien fait pour, mais puisque ça survient, le temps que ça dure, du moins, fidèle à elle-même (faute donc de l'être à d'autres), elle prend. Elle prend. Prend d'autant plus volontiers que, sans se le formuler, comptes implicitement faits, ça lui va.

L'obsession de sa fille est de (re)caser sa mère. Non pas que Wynona n'ait pas souffert de la séparation, mais elle ne semble pas le moins du monde tenir rigueur à celle qui l'a déclenchée. Peut-être l'ado s'est-elle sentie, elle aussi, évincée, rétrogradée, quand son père a intensifié son activité officielle. Toujours est-il que, lors d'occasionnelles conversations *girly*, la mère redevenue célibataire s'est plusieurs fois entendu dire par sa *teenage daughter*, mais maman tu es beaucoup trop belle et bien trop jeune pour rester seule. Elle, se retenant alors de répondre merci ma chérie, mais je suis "trop belle, trop jeune" et surtout trop *débarrassée* à présent pour envisager d'être à nouveau accompagnée. L'ado s'évertue donc, avec une prévisible mais touchante maladresse, à jouer les sites de rencontres amateurs, tentant de "mettre en relation" sa mère avec des candidats plus ou moins adéquats.

Dernier essai en date, ce soir, là, tout juste trois heures plus tôt, au spectacle de danse. Gros succès, soit dit en passant, le spectacle de danse. Zéro bugs ou ratés dans le déroulé de la choré à la *Glee*. Un triomphe. Triomphe dont une infime part lui revient d'ailleurs à elle, "la reum à Wynona". Si ! L'énorme boule à facettes composée de gobelets en plastique fabriquée par ses soins a produit une vive impression sur tous les spectateurs ; pantois, unanimement, devant tant d'astuce et de dextérité.

Mais c'est au premier chef la joie tout enfantine affichée par sa fille qui la dédommage des heures accumulées pour assembler les foutus gobelets. Ça valait carrément la peine quand elle voit Wynona fière de montrer la maudite boule et dire à tout le monde "c'est ma mère qui l'a faite". *Tout* le monde. Y compris, du coup, ce brave type, l'oncle d'une de ses copines du cours, qui n'en demandait pas tant. Wynona le prenant à témoin, le gars alors s'extasiant poliment. Et comme de juste, pensant sans doute qu'elle ne les voit pas venir, ballerines gros sabots aux pieds, sitôt la "connexion" établie, Wynona et la nièce s'éclipsant brusquement, les plantant là, elle et l'oncle, les laissant se dépatouiller seuls de la situation. L'air gentil, d'ailleurs, au demeurant, le gars, plutôt bonne tête, mais bon. Pas non plus de quoi s'évanouir. Elle, là, décidant d'être cash, convaincue que c'est le plus simple, disant au type : "Je suis désolée. Ma fille a le chic pour comploter ce genre d'embuscades. Son père et moi sommes séparés depuis un an et demi et elle se donne pour mission de me présenter tout homme dont le profil lui paraît compatible. Je suis confuse que ça tombe sur vous." Là, le type répondant qu'il y a pire dans l'existence, vraiment, que de lui être présenté. Que son fils, à lui, est trop jeune pour se livrer à ce genre de manigances. Mais que c'est sa nièce visiblement qui s'en charge. Tout ça avant de dire : "Mais bon, vous, je suis sûr, vous devez n'avoir besoin de personne pour rencontrer des hommes si vous avez envie."

Elle se sent rougir, bêtement, pendant que le type dit s'appeler Harvey. Harvey Wright. Elle, sur le moment, entendant Harvey *Right*. Elle se retient alors, et heureusement, de faire une blague autour de l'expression "rencontrer Mister Right", même si en l'occurrence, c'eût été dans le sujet. Mais bon. Calmos. Que le type n'aille pas après s'imaginer des trucs. S'ensuivent comme ça quelques minutes de non-conversation, le type lui refaisant un compliment, ironique, forcément, mais gentil, sur sa boule à facettes avant qu'elle ne réussisse à s'en décoller sans être trop grossière. Bref, résultat des courses : plan recasage esquivé, sphère en gobelets triomphale, troupe de danse acclamée. Du coup fille lévitante, extatique. Certainement chagrinée de l'absence de son père, "empêché à la dernière minute", mais sans laisser ça non plus lui pourrir la soirée. Rentrées tard toutes les deux, mais heureuses, et du coup, en ce qui la concerne, diète électronique, couchée direct, pas de réseaux sociaux ni d'échange de textos, pas même avec le photographe. Endormie vite. Tout de même, juste avant, se disant, l'air de rien, dans son genre, et toujours, ouh là là, malheureuse, en se gardant surtout d'y accoler un nom, que, oui, ça lui convient assez, somme toute, cette situation.

Sauf que, évidemment, c'était trop beau, et là, sans qu'elle le sache encore en rentrant de cette excellente soirée, ça va vite évoluer. C'est bête à dire, mais, *pardon her french*, l'"autre truc" va partir en couille.

Ce qui va tout à coup dégénérer, c'est ça :

Elle qui révère tant les chansons, il y a celle-ci, tirée du répertoire de Trisha Yearwood : *I Guess They Call It Falling For a Reason*, "Pas pour rien qu'on dit *tomber* amoureux". Sur la même mélodie pourrait en exister une autre intitulée cette fois *I Guess They Call'em Bad Boys For a Reason*. Non. Ce n'est pas par hasard qu'on appelle ça des *bad boys*. On les appelle *bad* boys parce qu'ils sont *bad*. Mauvais. Dangereux. *Bad for you*, comme l'huile de palme. On dit "mauvais garçons", parce qu'ils sont *mauvais*, en tant que garçons, parce que, tôt ou tard, "c'est dans leur nature", comme dirait le scorpion de la fable, ils vous traitent mal. Ils vous font du *mal*. Après, oui, certes, vous avoir fait sécréter des hectolitres, jouir comme une attaque nucléaire. Mais à la fin, comme dans les restaurants, après s'être régalée, vient le moment de *payer*. Comme dans un conte édifiant ou un prêche intégriste, la toxicité finale des bad boys, "bourrins utiles" de l'état des choses, indirects nervis objectifs de l'ordre patriarcal, agit comme un rappel à cette "loi" selon laquelle, c'est ainsi, autant s'y faire et l'accepter, tôt ou tard, *fille qui vit sera punie*, punie d'avoir vécu.

Dans l'affaire, eux, les bad boys, ne prennent personne en traître ; ils tiennent juste les promesses programmées par leur nom.

Par essence et définition même, le bad boy est l'exact opposé d'un mec gentil. Le mec gentil est disponible, fiable. On réprime un bâillement. Qu'un bad boy digne de ce nom, en revanche, mufle, rustre, odieux : jamais un moment mort, jamais un instant plat. Aux femmes qu'il prend puis jette, il ne fait pas mystère d'avoir d'autres priorités qu'elles. Là, ces séductrices d'ordinaire adulées, diverties de se sentir jetées au bas du piédestal où les hissent d'ordinaire amants transis et soupirants *boring*, plongent tête baissée. Plaît-il ? D'autres priorités ? Pour la coquette piquée, tout le challenge consiste alors à devenir l'une d'elles, voire la première. Priorité, et tant qu'à faire prioritaire ! Et pour l'épouse trophée oubliée sur une étagère par l'acquéreur-sponsor, le bad (toy)boy de réconfort devient lui-même butin à montrer aux copines. Sauf que presque toujours, le bad boy rit le dernier. Il les prend, leur fait tout, et les tèje comme des merdes. *End of story*. Mais ça n'est pas non plus comme s'il n'avait pas prévenu.

En l'occurrence, dans le cas de sa liaison, pour appeler ça comme ça, avec le jeune Jason Loudermilk, ce n'est pas exactement ça qui se produit. A aucun moment le mauvais garçon n'a représenté à ses yeux un défi ou une terre de mission. Loin d'elle la tentation de l'apprivoiser ou de le réformer. Elle le trouve épatant comme il est : vulgaire et vigoureux. Pour ce qu'elle entend en faire, c'est adapté. Tout juste souhaite-t-elle le voir lui épargner autant que possible ce que sa pathologie induit de plus infantile, par là même fatigant.

Sauf qu'ici, patatras : ne voilà-t-il pas notre psychopathe narcissique soudain follement épris pour la première fois de sa vie ? Epris de quelqu'un d'autre que de lui-même, du moins. Pas de chance, c'est sur elle que ça tombe. Ce serait flatteur l'espace d'une nanoseconde si cela ne signifiait *aussi* qu'il n'a dès lors aucune expérience, ni filtre ou digue en la matière et qu'"épris", il va stricto sensu l'être *follement*, au sens pour le coup clinique du terme. Il va être amoureux comme seul, précisément, un psychopathe narcissique et machiavélique peut l'être.

C'est ironique, avouez. En lisant l'article sur la "triade noire", elle s'était fait la réflexion : les bad boys (d'ailleurs, elle, elle le lit en anglais, mais nous ? Comment traduire ? Les "sales types qui rendent folle" ? Les "beaux salauds craquants" ? Mieux vaut garder "bad boys", allez !), les bad boys, donc, n'ont pas envie de s'engager ? Dieu que ça tombe bien. Elle non plus. Par-delà leurs maints autres défauts corollaires, voilà théoriquement des bougres décidés à ne pas devenir collants. Oui ben non. Car là, donc, le psychopathe "est amoureux". Etat si inédit chez lui qu'il s'accompagne alors d'insécurités surprises, de possessivités boudeuses, de caprices saugrenus, qu'on s'empresserait d'éradiquer à la dure chez un garçonnet. Paniqué, constamment, jeune Jason exige confirmations et réitérations, des preuves, comme si ça existait.

Un soir, il lui attrape son téléphone. C'est quoi ton code ?

Elle commence par refuser. Question de principe. Il insiste, menace. Il a l'air si intense. Ça semble si vital pour lui que ça l'émeut, elle. Elle lui donne donc le code, après tout, si ça le calme. Juste qu'elle voie comment le changer sitôt rentrée chez elle.

En attendant, le voici dans ses archives photos. Le voilà dans ses messages. Heureusement qu'elle n'utilise guère les SMS ordinaires pour ses échanges vraiment privés. Encore faut-il qu'il n'aille pas fureter dans les autres messageries. Non. Ouf. Il épluche ses contacts, à présent. Tout de même, il est gonflé. Ça passe les bornes, là.

Et lui c'est qui ? Et lui ?

Bon. Ça suffit maintenant. Elle reprend l'appareil.

Mais "ça suffit maintenant" ? Justement non. C'est ça qu'elle n'a pas compris. Le film s'intitule *Le psychopathe est amoureux*. Il vient juste de commencer.

Déjà, les hommes les plus "intelligents" vrillent, virent débiles et dangereux dès lors qu'ils sont jaloux. En ce cas, qu'advient-il donc les fois où ce poison contamine un garçon par ailleurs un chouïa challengé psychiquement au départ ?

Sa bêtise donne alors toute sa mesure. Elle a repris son téléphone, mais une fois suivante, il confisque sa tablette. Ne la lui rend que plusieurs jours plus tard. Les deux appareils sont synchronisés. Sur son portable, elle efface donc frénétiquement, limite un peu la casse. Mais pas toujours assez vite.

Avant de partir en totale sucette, il s'était montré furieusement émoustillé par le récit détaillé de ses histoires de cul à elle. Il les lui réclamait, comme un enfant qu'on vient border. Toujours joueuse, sans en anticiper les effets différés, et non sans quelque plaisir trouble, elle s'était prêtée à l'exercice. Le voilà à présent convaincu qu'elle se tape tout ce qu'elle croise. Par elle ne sait trop quel tour de passe-passe, il a su dupliquer son carnet de contacts et s'en sert maintenant pour interpeller les correspondants masculins qui lui font l'effet de rivaux potentiels.

Dans le genre, il ratisse large, soupçonne tout le monde. Il appelle. Ou écrit, parfois se faisant passer pour elle. Plusieurs fois, on frôle la catastrophe. On l'évite de justesse. Sans toujours s'épargner complètement l'embarras. Il contacte par exemple David Davidson, le pilote d'hélicoptère artiste membre du *John Giraud Art Center*, dont, va savoir pourquoi, elle avait enregistré les coordonnées, bien incapable maintenant de se souvenir du motif, mais obligée de présenter des excuses au mec, assorties, forcément, de quelques explications – autrement dit de dévoiler à un quasi-inconnu pas particulièrement sympathique bien plus de sa vie privée qu'elle ne l'aurait souhaité. Dieu merci encore, il ne s'agit que de lui, Dave Davidson – eût-elle eu son numéro archivé, l'autre dingue aurait tout aussi bien contacté l'abominable Joe l'Indien. Et là... La honte... Mon Dieu, la honte... In extremis, elle l'arrête avant qu'il n'importune certains copains de Wynona dont elle a rentré le numéro, mais ce n'est plus une vie.

Et c'est le comble. Elle dont la liberté, l'indépendance passent avant tout, fille exceptée, elle qui compartimente, élude, tait, ne livre rien à qui que ce soit, sachant qu'elle le paierait quoi qu'il arrive très cher, la voilà pire que nue, lue, feuilletée à livre ouvert, archives déclassifiées. Elle parlait de sa bêtise à lui. Mais que dire donc de sa *connerie*, à elle !

Ah ah ! Elle qui doutait, la voilà bien punie. "Machiavélique", pensait-elle, son QI ne se hisse pas si haut. Comme il l'aura bernée ! Il paraissait si gauche, si dépassé par la confusion où le plongeait le transport qu'il disait éprouver. Des preuves ! suppliait-il. Des preuves "d'amour". Anxiétés prépubères. Pauvre chou. Si ça lui faisait plaisir, après tout.

Tu parles. Narcissique, psychopathe et, oui, elle s'en avise mais un peu tard, *machiavélique* et pas qu'un peu. N'empêche : son génie du stratagème geignard serait resté lettre morte, n'eût-elle, *elle*, été si *conne*. Conne, mais alors conne ! Conne comme c'est pas permis. Vers l'infini et au-delà.

Elle change son code, ne le laisse plus approcher de ses appareils. Elle veut rompre, briser net, tout arrêter.

Et là, c'est l'escalade. Le chantage. Il a ces vidéos tournées dans le désert. Elle dans diverses postures toujours scabreuses. Elle, parlant quasiment la bouche pleine de sa queue, récitant des obscénités en fixant droit l'objectif de son téléphone. Ces vidéos qu'elle l'a laissé filmer avec un mélange de reddition canaille, d'abdication exquise, et de conscience trépidante de faire la connerie de sa vie. Ces vidéos qu'il n'est pas question que sa fille voie un jour. Ni sa fille, ni quiconque d'ailleurs.

Et ça, donc, oui, on peut dire, c'est la merde.

Son horizon, donc, s'assombrit. Toutefois, *silver linings* en anglais, "pieds de vent" en québécois, mystère de ces ciels nuageux que transperce, foin de toute logique, le trait de lumière inattendu. Miracle de ce rayon contre-intuitif qui par temps noir, subreptice, s'interstice, parfois irise et iridisce la vapeur condensée. Semblablement, parfois, alors que tout va mal, la vie déçoit en bien, comme disent les Suisses. Une fois n'est pas coutume, une surprise va être bonne.

Ainsi, là, par exemple, ne voilà-t-il pas qu'au prétexte du vernissage d'une vieille amie qui peint, on ne peut plus inopinément et sans l'avoir vu venir, elle se trouve transplantée quelques jours dans le Nord-Est du photographe, sa mégapole de plusieurs millions d'habitants.

Partant, sans avoir vraiment eu loisir d'en savourer la perspective, vont-ils se revoir *physiquement* – du moins, "en personne" – pour la première fois depuis le rodéo inaugural, la mutation du sentiment s'étant depuis déroulée par des biais tout virtuels. Donc moment décisif, minute de vérité. *Touch and go*, passe ou casse. Ça peut être extatique, subjuguant, ou alors désastreux, aussi bien. Ne pas tenir les promesses de leur cyber-menuet. Ça s'est déjà vu. Il y a loin de l'appli aux lèvres. En temps de séduction électronique, l'entre quatre-z-yeux réel encourt la déconvenue.

Si bien que là, suspense ! Que va-t-il donc en être ? Instant magique ? Ou sourde gêne, raison rendue, œil décillé, tout ça pour *ça* ? *Did i shave my legs for* this ? Ai-je pianoté des heures sur mon smartphone pour *ça* ? Avec ce type ou cette fille-*là* ? On va très vite savoir puisque les voici attablés dans un restaurant de cette ville, décor de maintes comédies romantiques, engagés dans ce qui pourrait être la séquence de l'une d'entre elles. Or soulagement, pour l'une comme semble-t-il pour l'autre, le moment est juste divin.

Ils rient. Ils rient. Mais rient ! Elle est radieuse. Elle irradie. Elle aime tout, s'ébahit à l'envi.

Peu importe à vrai dire ce qu'ils racontent, dès lors qu'opère cette fameuse "magie qui se déclenche aussitôt qu'ils échangent" – surtout là, de vive voix, *in praesentia* l'un de l'autre !

Après le déjeuner. Ils marchent. Il la raccompagne jusqu'au coin de la rue où se trouve son hôtel. Ils se disent à demain.

Dix minutes plus tard, ding ! Elle reçoit un message :

"Que les choses soient claires : je t'ai quittée là, non parce que j'avais mieux à faire, mais parce que j'ai pensé que tu avais sans doute besoin de répit."

Elle répond : "Et moi je n'ai pas osé te 'retenir' pensant que tu avais mieux à faire. Merci en tous les cas pour ce merveilleux moment !"

Après le vernissage de son amie, ils sont dans un restaurant d'hôtel jadis utilisé comme lieu de réunion par une escouade d'écrivains et d'artistes.

L'établissement porte un nom qui désigne aussi bien une tribu presque éteinte du Nord-Est et le dialecte amérindien que parlaient ses ancêtres blackfoot. Or il a simplement choisi cet endroit parce que c'est proche du sien, d'hôtel. L'allusion Peau-Rouge et le passé littéraire sont pures coïncidences. La première ne la gêne pas, la seconde l'enchante. Elle a beaucoup entendu parler de la fameuse *round table*, sans avoir jamais eu l'occasion de voir à quoi ressemblaient les lieux. Autre coup du hasard, lequel décidément s'est mis en tête de, pour une fois, bien faire les choses, sans être celle où trônait Dorothy Parker, la table où on les place est la meilleure possible, blottie dans un recoin. Leur conversation n'est audible par personne d'autre qu'eux. Le restaurant est bondé, mais ils y sont comme seuls au monde, comme lors des repas partagés pendant le rodéo.

Ce soir-là, comme déjà plusieurs fois depuis la veille, lui revient et surtout s'éclaircit l'impression qu'elle avait éprouvée en le voyant la première fois. Cette espèce de confort immédiat qu'elle avait éprouvé en sa présence, c'est l'impression, la certitude, qu'elle, si gardée, si compartimentée, avait en face quelqu'un à qui elle allait pouvoir parler, parler, parler et tout dire. Enfin un voisin devant qui elle allait pouvoir laisser ouverts les portes, les volets, toutes les fenêtres. Ou presque. L'incognito et l'inavoué devenus seconde nature, soudain mués en inverse tentation délicieuse : tout relâcher. Déballer. Etaler. Donc là, dans sa ville à lui, elle lui raconte, elle raconte tout. Tout. Laisse filer, tant c'est doux et libérateur, le "toujours tu", l'"embarrassant", le "complexant", l'"éventuellement compromettant", elle dit tout. Parle des amants. De sa petite "organisation".

Elle lui parle de sa fille.

Elle lui parle du Centre.

En vrac. De tout. De tout le monde. Sauf du fou, du psycho. Et bientôt d'elle il "sait tout". Avec des guillemets car bien sûr on ne sait jamais *tout*. Mais avec des guillemets ? Alors, oui, il "sait tout".

Il lui dit, "Non, c'est pas mal ton système. Mais putain, ça doit être une vigilance d'agent *undercover*. Toujours être celle que la personne en face est habituée à croire que tu es, ne pas laisser soupçonner l'existence d'autres versions de ta vie. C'est fou : ça suppose une discipline de fer".

Elle dit : "Voilà."

Il dit, "Mais bon, fais gaffe quand même. Vu que, par définition, quand tu as rendez-vous, personne ne sait qui tu vois ni où, si jamais un matin, tu ne rentres pas, bonne chance pour te retrouver. C'est tout le problème : puisqu'une femme libre doit l'être en douce, du coup, ça crée des risques. Comme dans ce film, là, avec Diane Keaton, 'En quête de monsieur Coup d'enfer'".

"Quel film tu dis ?"

"*Looking for Mr Goodbar.*"

"Ça ne me dit rien."

Elle google sur son téléphone pendant qu'il poursuit. "C'est d'après une histoire vraie. Sorti à la fin des années 70, avec une bande-son presque uniquement composée de tubes disco. Mais le fait divers dont c'est inspiré, lui—"

Elle a trouvé. Elle le coupe : "*Looking for Mr Goodbar*, de Richard Brooks, en 1977. Adapté du best-seller de Judith Rossner inspiré du meurtre en 1973 de Roseann Quinn, une enseignante new-yorkaise qui menait une double vie."

"En fait, c'est une prof complètement dévouée, adorée par ses élèves, et qui, le soir, essaye d'avoir une vie. Elle s'éclate dans les bars et s'envoie des mecs. Certains, un peu chelous. Justement, ça la change. Sauf que, ça ne rate pas : l'un de ces 'vilains garçons' excitants qu'elle se tape finit par la poignarder. Comme ça, parce qu'il est défoncé et qu'il prend de travers un truc qu'elle lui a dit."

Ça, hélas, elle voit très bien comment ça peut se produire. Elle chasse certaines images pendant qu'il poursuit : "Autrement dit, tu comprends l'idée ? Elle est 'punie'. Si elle était restée chez elle à coucher ses enfants et sucer son mari, il ne lui serait rien arrivé. Que là, t'as voulu jouer les affranchies, poulette ? Ben voilà : tu sors le soir toute seule, pas venir pleurer après si tu fais de mauvaises rencontres. Bien rappeler à celles que ça tenterait que, même en Occident, même dans des grandes villes, la liberté d'une femme est à ses risques et périls. Donc, toi, avec tes escapades sous le radar, fais juste gaffe à ne pas te retrouver un jour coincée avec un bad boy vraiment *vraiment* bad news."

Que répondre à ça ? Elle dit, "Je sais. Et je fais attention".

Et là, au point où elle en est, tant pis.

Elle lui dit. Elle lui dit ça *aussi* :

Sa relation avec le psychopathe, sa dépendance physique, le piège dans lequel elle s'est jetée toute seule comme une idiote. Et l'engrenage : la menace de diffusion des vidéos tournées dans le désert. Les caprices de Jason Loudermilk, les tests d'évaluation de son emprise sur elle qui deviennent chaque fois plus ineptes et incohérents. Il se blase, il se lasse. Toujours il lui faut plus. Et c'est comme ça, par exemple, lui raconte-t-elle à présent, que la semaine précédente, il a exigé qu'elle le rejoigne au beau milieu de la nuit. Juste pour vérifier qu'il en avait le pouvoir.

"La peur au ventre, j'y suis tout de même allée, à trois heures du matin dans la cambrousse parce qu'au fond de moi, un truc très instinctif me faisait penser que lui était peut-être dans le 'jeu', même si moi j'étais traumatisée. Donc, oui, c'était risqué, mais j'étais quasi sûre qu'il ne me violerait pas. Et par ailleurs, j'avais vraiment besoin que ça cesse. J'avais besoin de savoir que j'étais capable de lui dire non."

Donc elle se rend à l'endroit indiqué. Elle le rejoint à l'avant de son pick-up truck. Il veut du sexe. Elle ne veut pas. Il ne la force pas, mais lui fait payer son refus.

"Il a vraiment dévissé. Il m'a tapé dessus, m'a arraché des poignées de cheveux. J'ai encaissé. Encaissé. Attendant que ça s'arrête. Puis quand il a eu fini de passer sa rage, il a dû se trouver un peu con, parce qu'il a tenté de se donner le beau rôle en me disant, t'es contente ? T'as gagné ? Tu vois ce que tu me fais faire ? C'est ce que tu voulais ? Pour pouvoir pleurnicher ? Jouer la victime, après ? Bon. Ça suffit. Dégage, fous-moi le camp, je veux plus voir ta gueule. Alors je suis descendue de son camion, je suis remontée dans ma voiture et je suis rentrée chez moi. Pendant le trajet, je ne pleurais pas. Même si bien sûr j'étais en ruines. Dans un état, mais tu ne peux pas imaginer. Je ne peux pas expliquer. Démolie, détruite – pas tant par les coups, même si certains avaient été appuyés. Mais à l'intérieur."

Là, quand même, elle peine à exprimer, parce que c'est trop de choses à la fois. Etre en train de se dire, je viens de me faire cogner par un mec. Ça n'arrive pas qu'aux autres. Je me suis placée dans une position où un mec allait pouvoir me taper dessus. Donc l'effarement. La honte. Le dégoût qu'elle a d'elle-même au lieu de mépriser l'autre taré. Un comble, ça, quand même. Se reprocher d'abord *à elle* d'avoir été battue ! La culpabilité enfouie si profond, si organique à force de conditionnement. Et en même temps, justement, au plus profond du fond, les esprits retrouvés, l'évidence. Enfin.

"Tout était clair, soudain. Comme si les coups m'avaient réveillée. Subitement, je savais exactement ce que j'allais faire."

Retour chez elle. Dormir, comment veux-tu ? Aucune chance. Mais se maquiller, oui. Cacher la misère. Dissimuler les traces de la trempe, que Wynona ne puisse se douter de rien.

"Le lendemain, je lui ai donné rendez-vous, dans un endroit public. La terrasse d'un *food corner* dans l'atrium d'un shopping mall. Je suis arrivée avec un dossier. D'abord, je lui ai fait écouter l'enregistrement de la veille sur mon téléphone. Lui, exigeant du sexe en me menaçant de mettre les vidéos en ligne. Moi lui disant non. Et là, le bruit des coups qui commencent à pleuvoir et les injures.

En même temps, je lui ai sorti du dossier des impressions d'articles à propos de récentes condamnations pour mise en ligne de 'revenge porn', dans son cas aggravé d'extorsion, de chantage et de viol.

Je lui ai alors fait valoir qu'on se tenait l'un l'autre. L'équilibre de la terreur. Qu'il pouvait atrocement me nuire, mais que je pouvais l'envoyer en prison. Je le sentais ébranlé, mais pas complètement convaincu. C'est vrai que les peines encourues sont assez légères quand tu penses aux dégâts que la diffusion de photos sur Internet peut provoquer. Ça varie d'un Etat à l'autre. Certains, c'est considéré comme un délit majeur passible de un à cinq ans d'emprisonnement et d'une amende de 150 000 dollars. Chez nous, c'est juste une infraction punie au max d'un an et mille dollars d'amende. Beaucoup moins intimidant, déjà. C'est pour ça : je sentais qu'il réfléchissait à la façon dont il allait pouvoir revenir au score. Heureusement, je m'étais préparée. Quelques semaines auparavant avaient circulé des rumeurs sur un gros entrepreneur de Santa Fe, soupçonné d'avoir commandité l'assassinat d'un ex-employé qui le menaçait de révélations compromettantes. Quelques journalistes avaient alors tenté d'embarrasser mon ex-mari – techniquement, toujours mon mari, par ailleurs –, en rappelant que l'homme d'affaires en question avait fait partie des donateurs lors de sa première campagne pour devenir *District Attorney*. J'ai donc demandé à mon psychopathe si, à son avis, le procureur général de l'Etat laisserait un petit maître chanteur susceptible de lui nuire se promener tranquillement dans la nature. Moi, là, foutue pour foutue, c'était plus facile d'aller dire à mon mari que je m'étais fait sauter par un type qui à présent mettait sa carrière politique en danger. Je lui ai demandé quelle serait alors d'après lui son espérance de vie. Et là, je lui glisse une impression d'un des articles qui évoquaient l'assassinat en l'imputant à mots couverts à cet entrepreneur local, tout en rappelant au passage les bonnes relations qu'il avait eues avec Michael.

C'est là que tu vois la puissance des sous-entendus et du n'importe quoi. L'absence de faits devient une preuve. Les arguments précédents, très rationnels et tout à fait réalistes, l'avaient déstabilisé, mais n'auraient pas suffi. Au bout du compte, ce qui l'a fait reculer, c'est le délire complotiste, le bluff total. J'ai senti qu'il flippait donc j'en ai profité : je lui ai dit que c'était fini. Qu'il ne fallait plus qu'il me contacte. Qu'au moindre signe de lui, j'irais me plaindre à Michael en lui faisant écouter les messages où il me menace. En particulier celui où il me dit 'et quelle tête il ferait, l'*Attorney General*, en voyant sa femme en ligne avec une bite dans la bouche ? Tu crois que ça serait bon pour sa réélection ?'. A présent, je n'ai plus qu'à prier pour que la carrière de Mike soit longue et florissante. Mais, bon, là, en principe, je suis tirée d'affaire."

Le photographe ne l'a pas interrompue une fois, mais là, il lui demande comment le psychopathe a réagi. Elle lui dit : "Il a pris un air extrêmement déçu, une expression de, comment dire, de dignité outragée, si tu peux le croire, et il m'a dit, mais d'une voix, comme s'il parlait à une gamine qui avait fait une connerie : Tu n'as donc rien compris ? T'as pas compris que tout ça, je l'ai fait pour toi ? Tout ça, je l'ai fait pour ne pas te perdre. Là, j'ai juste dit, oui mais bon. Là, c'est fini. Ne me contacte plus. J'allais partir quand il m'a prise de vitesse et s'est levé avant moi. Il m'a alors dit que j'étais vraiment trop conne. Une pauvre gourde incapable de savoir apprécier la vraie passion. Je l'ai laissé dire. Je l'ai laissé sauver la face. Je l'ai laissé me prendre de haut. Je l'ai laissé me dire, 'bons petits rêves minables, bon petit sexe suburbain, *missis Acting Attorney General's wife*'. Je l'ai laissé réussir sa sortie, pourvu qu'il disparaisse de ma life. L'important, c'était qu'il *dégage*. Et voilà. Là ça va faire huit jours et pour l'instant, je n'en ai pas réentendu parler. Je commence tout juste à m'en remettre. Depuis que j'ai atterri ici, en fait. Mais avant… Toute cette période où il m'a fait chanter, j'ai cru mourir. Littéralement. J'étais obligée de faire illusion au Centre et vis-à-vis de ma fille, heureusement, mais le reste du temps, j'étais dans un état, tu ne peux pas imaginer."

Pendant qu'elle dit ça, elle le sent qui calcule : "huit jours", "des semaines", "quatre mois"… C'est comme si elle l'entendait lui dire dans sa tête, ah donc, ces derniers mois, pendant que nous correspondions, tu étais encore en plein dedans. Mais elle sent aussi qu'il ne s'arrête pas plus que ça à cette concomitance, qu'il est surtout soulagé pour elle que ce soit fini. Et en fin de compte, le seul truc qu'il lui dit c'est, "Putain. Bravo. Bien joué".

Elle dit, pour conclure et ensuite pouvoir changer de sujet : "'Bien joué', tu parles. J'ai surtout été plus conne que conne. Conne mais à un point. Et d'une certaine façon, j'ai mérité ce qui m'est arrivé. J'ai touché le fond avec lui, vraiment. Mais j'ai le sentiment qu'il fallait que j'en passe par là. Que j'aille au bout du bout de mes bêtises. Je ne saurais pas l'expliquer. Mais voilà. Là, c'est fait. Sauf que bon. Sur le moment, ça aura été gore."

Ce soir-là, elle lui raconte ça conjugué au passé, comme si elle était sûre d'être définitivement quitte. Comme si l'addiction était bien derrière elle. Comme si le tabassage avait tout éclairci. Parce qu'elle veut qu'il le croie, tout comme elle-même adorerait en être convaincue. Alors qu'évidemment, elle sait que ça n'est pas si simple.

Les meilleures soirées ont une fin. Ils quittent le restaurant. Comme c'est tout près, il la raccompagne à pied. Mais au coin de la rue de son hôtel, à quoi ? vingt, trente mètres de l'accès au lobby, il s'arrête et dit, "Okay. *This is it*".

Et là, à quelques mètres de l'hôtel où galamment il la raccompagne, mais s'arrêtant un peu avant pour que ne se niche rien d'ambigu dans le congé qu'ils vont prendre, il l'entoure de ses bras et la serre fort. Il la prend dans ses bras et la serre fort, plus fort et plus longtemps que la norme, mais pas non plus si fort ni si longtemps que cela crée malaise ou bascule dans autre chose. Et lui dit quelque chose comme, c'était merveilleux, bon retour.

Et ils se détachent et c'est tout, c'est le seul contact physique un peu appuyé qu'ils auront eu de son séjour. Ils échangent une mimique, l'air de se dire qu'ils savent et savent que l'autre sait qu'ils savent qu'il sait. Puis partent chacun de son côté. Elle gagne son hôtel.

Elle est prête à parier qu'il aura décidé de rentrer à pied, que l'air du soir et la marche pendant les quinze *blocks* qui, a-t-il dit, le séparent de son propre pâté de maisons lui feront du bien. Pour un peu, elle l'envie d'avoir ce trajet à effectuer. L'effleure alors, vite chassée, une curiosité, comme on dit, aussi sotte que grenue, inopportune en tout cas, puisque vaine, stérile : chez lui, qu'a-t-il dit qu'il faisait ce soir et avec qui ? Un gros vilain bobard ? Une demi-omission évasive ("je vais à un vernissage") ? Juste rien ? Non, tout bien considéré, elle préfère ne pas savoir comment il a su se rendre disponible de la sorte, toute une soirée. L'important est qu'il ait pu le faire.

Cinq minutes plus tard, ding ! C'est lui. Son texto dit : "Je hais les *hugs*."

Elle lui répond : "*Me too...*"

Il y a du sens qui s'engouffre dans la brèche, là, comme des immigrants clandestins à un point de la frontière où les barbelés ont été cisaillés. De l'indicible se formule pêle-mêle, les énoncés retenus, les aveux censurés se bousculent. Vite, vite, sachant que ça ne durera pas. D'ailleurs ça ne dure pas. Dès qu'il enchaîne, la parole corsetée reprend ses droits.

Il écrit : "Merci d'être venue. Décidément, j'ai beaucoup de chance."

Elle répond : "Tu as rendu mon séjour lumineux !"

Il répond : "Rentre bien." Et lui adresse un émoticône de cœur, assorti de "(si je puis)".

Elle n'est pas ivre pourtant, mais en réponse, elle lui en adresse trois, alignés.

Ils en restent là.

Le lendemain, son avion décolle dans l'après-midi. En attendant qu'il s'élance sur la piste, tant que l'usage des appareils électroniques reste autorisé, elle lui texte :

"Je ne quitte jamais volontiers cette ville… Mais cette fois-ci j'ai en plus un pincement au cœur.

Merci encore pour cette merveilleuse soirée dans ce lieu incroyable.

See u soon"

Oui sauf que là, de retour de son passage à elle dans son biotope à lui, fini les finasseries, plus moyen de faire *comme si de rien n'était.* Bas les masques. Tout n'est pas encore dit, mais le clair-obscur est révolu. Fini l'ambiguïté, cet état dont, dit-on, on ne sort qu'à son détriment. Voilà. Ils en sont sortis. Evaluons le détriment.

Déjà, c'est à présent admis: "Il y a un truc." En même temps, "concrètement", qu'il n'y a rien.

Ou, si on le prend à l'envers, il n'y a rien et en même temps, il y a un truc. Il y a un truc, mais qui, quoi qu'il arrive, ne débouchera sur rien. Donc dur de dire qu'il y a un truc, sans cependant pouvoir prétendre qu'il n'y a rien.

C'est compliqué. Et assez simple, en même temps.

Ils ont gagné en conscience. Ils ont perdu en innocence. Tant qu'ils étaient dans le non-dit, ils jouaient à cache-cache, c'était ludique.

Les cartes sont abattues. C'est interdit de le dire mais ils éprouvent et pour autant, n'ont rien, stricto sensu, à “faire ensemble”. Ils n’ont d’ailleurs rien *fait.* C’eût été fausse bonne idée que de. C’est à présent pesant de n’avoir pas.

Un premier temps, ils tentent bien d’embrayer où ils étaient restés avant de se revoir. S’imaginent renquiller leur jeu des trois petits singes (“*show no romance, write no romance, say no romance*”). Continuer à faire comme si, comme si l’empereur était vêtu, comme si l’éléphant n’était pas dans la pièce. Ce n’est juste plus possible, soudain.

Elle, du moins, là, assez ri. Assez, surtout, menti et finassé ; plutôt se rendre à l’évidence : l’espace détente karcherisé en force par du bon cul vraiment sexuel, c’est juste trop de la balle. Mais le cœur mis en vrac par le 4 juillet des sentiments, c’est pas dégueu non plus. Or, plus moyen de nier, elle se chope elle-même en flag à *éprouver.* Et à, putain, adorer ça. Aussi, quand la dénégation a pour de bon abdiqué toute plausibilité, pourquoi ne pas appeler un chat un chat. Ou l’écrire en toutes lettres. Soit quatre, en l’occurrence, pour être tout à fait précis. En anglais, comme l’a souligné Bob Dylan dans une chanson offerte à Joan Baez, “*love* est un mot de quatre lettres”. Or, les *four letter words,* dans cette langue, sont en principe des grossièretés : *fuck, shit, piss, cunt.* Autrement dit, “amour” est un gros mot. De son point de vue, même, hier ou avant-hier encore, ça relevait, pire que ça, de l’insanité suprême, de l’indicible absolu.

Les gros mots, les enfants aiment en proférer. Mais les adultes aussi. C'est interdit d'en dire, donc c'est excitant. Et en plus ça défoule. C'est ainsi qu'elle, voilà. Ça va la défouler. Elle la gardée, elle l'euphémique, ses digues cèdent. Elle *exprime* tout. Tout.

S'ouvre alors une nouvelle séquence.

Elle se met à lui écrire comme il lui dit qu'elle vit : sans filets. Ponts et vaisseaux brûlés. Et au diable les torpilles. Toute censure abolie. Cœur ouvert. Déballée. Elle lui exprime des choses qu'elle eût auparavant jugées plus indécentes que certaines cochonneries qu'elle a pu débiter filmée par le malade. Transgressif, son plaisir de dire se trouve avivé. Régal de la déclaration, jubilation de composer des phrases impensables la veille. Première étonnée de ce qu'elle se lit écrire. Des folies. Mais surtout elle les *pense*.

Niaiserie assumée, savourée, coulent la guimauve, les mièvreries. Elle se roule allégée, envolée, dans cette régression délicieuse et contradictoire où l'on s'engage en toute inconséquence, pris d'un élan adulte avec des irréalités d'enfant.

Dans ces moments, la sécrétion de molécules euphoriques est telle, même le sexe qu'ils ne font pas ne manque alors plus guère. Personne ne saurait être plus heureux qu'eux occupés à ces effervescences textuelles.

Elle se sent amoureuse et aimée et ça la rend bien aise, voire ponctuellement comblée, quand bien même elle mesure qu'il n'y a aucun espoir et encore moins d'issue. N'empêche. Un peu de bon temps est pris tandis que l'esprit gambade insouciamment dans la sierra. Même revenue sur terre, un grand sourire lui barre le cœur, insistant. La conscience de l'illusoire, pour l'heure, n'abolit pas l'illusoire. Elle aime comme il la voit. Elle lui écrit : "Parfois j'ai l'impression de me découvrir à travers tes yeux. Grâce à eux." Des jours se mettent à passer comme ça et, qui l'eût su dire, globalement, coulent très heureux ainsi. Un à la fois.

Un à un, les jours passent. Et ils sont délicieux.

C'est tellement bon. Elle aime. Elle est aimée. Chaque instant différent. Dieu qu'il est doux d'aimer sachant l'être en retour.

Oui sauf que bon. Une fois dit ça, des détails gâchent un peu.

Un à un, les jours passent. Et c'est trop douloureux.

Ils se manquent à hurler. Quel mal, demande-t-elle, y aurait-il pourtant à ce qu'ils se vissent ? Qui pâtirait si juste ils se *voyaient* ? A ce stade, "ils n'en demandent pas plus".

L'ironie est féroce : elle qui privilégiait les hommes mariés, opportunément impropres à l'engagement, là, souffre qu'il le soit : marié, et dès lors engagé. Comme une sanction karmique. Un homme marié peut en gâcher plein d'autres. Qui jouissait par l'époux batifoleur se languira d'un conjoint assidu.

Ainsi de jours. Semaines. Un mois comme ça, bientôt. La laissent tout à la fois extasiée et fourbue. Suspendue et brisée. Les premiers éblouissements de la révélation l'ont cédé aux ténèbres d'un tunnel auquel elle n'entrevoit pas de fin.

Elle aime trop cet absent. Des alarmes se déclenchent. Elle se sent prise au piège. Elle ne peut être avec lui et son absence prend toute la place, l'empêche de ne serait-ce que *considérer* être avec qui que ce soit d'autre. Elle n'a que lui en tête. Tout est sur pause. Ils ne se sont jamais ne serait-ce qu'effleuré les lèvres et elle a l'impression de le *tromper* quand elle va se faire sauter par d'autres. D'ailleurs elle n'y va plus. Quand ses "habituels" la sonnent, elle élude, pour ne pas le trahir. Un comble ! On marche sur la tête. L'impasse est totale. D'ordinaire, en pareille circonstance, elle tranche dans le vif. Or, là, il y a urgence. Puisqu'elle ne peut pas prendre, alors, vite, nettoyer. Arracher. Se délester de ce qui l'entrave. Sauf qu'elle n'y arrive pas. Pas avec lui. Il va falloir pourtant.

Deux vers en fin d'une autre chanson de Miranda Lambert l'asticotent : "Le bonheur n'est pas une prison/ mais la liberté peut passer par un cœur brisé."

Jusqu'alors, c'est plutôt ce qui les précédait qui lui semblait s'adresser à elle – le refrain, l'attitude "*just in case*" : *What I lost in Louisiana I found back in Alabama.* Ce que j'avais perdu en Louisiane, je l'ai récup en Alabama. *But nobody ever taught me how to stay.* Le truc, c'est : personne ne m'a jamais appris à rester. *It ain't love that I'm chasin' / but I'm runnin' just in case.* Donc voilà. Pas après le grand amour que je cours. Mais je cavale quand même – en mode, va savoir, après tout, si ça se trouve…

Et plus loin, l'identique évidence. Ce que j'ai laissé à Lubbock, Texas, je le cherche depuis partout. Juste, personne m'a jamais enseigné à me caser. Pas le grand amour que je cherche, mais bon, en même temps, sait-on jamais – sur un malentendu, si par hasard je le croise…

Pour finir, donc, sur ces deux vers qui, dans sa situation, lui font soudain tout drôle : *I carried him around with me, I don't mind having scars.* Lui je me le trimbale depuis, mais c'est pas un souci : ça ne me gêne pas d'avoir des cicatrices. *Happiness ain't prison but there's freedom in a broken heart.* Le bonheur n'est pas une prison, mais parfois, avoir le cœur brisé est le prix de la liberté.

Car c'est exactement *ça.* C'est ça qu'elle doit lui dire : là, le bonheur d'être aimée par lui et de l'aimer en retour n'est pas une prison, mais ce sera quand même libérateur d'arrêter, quitte pour ça à passer par l'étape "chagrin d'amour".

Elle doit lui dire.

Mais de vive voix. Sinon c'est trop dur. Avant, elle aura pris son visage entre ses mains. Au moins une fois.

Addicted to goodbyes ? Pas celui-là. Celui-là, elle aurait préféré ne pas avoir à. Il va falloir pourtant.

Et c'est là où le hasard fait bien les choses. L'occasion s'en présente.

Si !

Dans dix jours.
Dans dix jours, ils se voient.

L'occasion qui fait soudainement les larrons est la suivante : un peu comme quelques semaines plus tôt elle avait "eu un vernissage" qui l'avait amenée par chez lui, dans l'autre sens cette fois-ci, de façon aussi inopinée qu'opportune, surgit tout à coup pour lui "un truc de boulot" à l'ouest du Sud, au sud de l'Ouest, bref, vers chez elle ; pas sa ville, quand même pas, mais à trois heures de route, dans la capitale de l'Etat.

Coïncidence qui ne peut n'être que ça, elle-même doit s'y rendre, invitée par le *New Mexico Department of Cultural Affairs*, soucieux d'associer le *Old John Giraud Arts Center* à l'organisation des *Governor's Arts Awards* annuels. Pas l'aspect du job qu'elle préfère, heureuse d'ordinaire de laisser ces pantomimes à Stephanie-Lou, hélas empêchée cette année par une intervention chirurgicale bénigne. Tenue donc de s'y coller cette fois, mais corvée qui ma foi ne tombe peut-être pas si mal : certes, mauvaise coordination astrale ou au contraire protection providentielle, les dates ne concordent pas. Comme un fait exprès, il quitte la ville le jour où elle arrive tandis qu'inversement elle ne radine que le jour de son départ. Les dates ne concordent pas, donc, *mais* pourraient se chevaucher d'un cheveu. Anticiperait-elle sa venue de quelques heures, peut-être alors pourraient-ils les passer ensemble, avant qu'il ne reprenne l'avion. Du temps compté au sablier. Une bien étroite fenêtre. Mais tout de même mieux que rien. A tout le moins serait-ce ainsi de vive voix et visu qu'ils se diraient au revoir. Eh oui ! Puisque dire au revoir il va falloir.

Dans dix jours ils se voient. Se voient pour se jeter dans les bras l'un de l'autre. Et se dire qu'ils vont en rester là. Dans dix jours ils se voient. Pour s'étreindre et pour rompre à la fois. L'agenda est chargé.

Le jour dit, ils vont craquer c'est sûr. D'une façon ou d'une autre. Craquer au sens de "céder à une tentation tactile" – sans encore trop savoir laquelle. Union des lèvres, entrelacs de langues et ensuite, va savoir ? Soudain si le corps s'en mêle, réagit ?

Et tout en craquant, rompre. Dans le même élan. Elle peaufine son speech. Tandis que son cœur chante à l'idée de le revoir, son esprit cisèle l'au revoir qu'elle va dire. Dans dix jours, donc.

Cinq jours. Dans cinq jours ils se voient.

Ça y est. Il est dans les limites de l'Etat. Pas à proprement parler *là*, mais déjà moins loin. Ils s'extasient de cette proximité. Elle le "sent" près soudain.

Cinq jours. Elle sait déjà quelles chansons elle écoutera pendant le trajet pour le rejoindre.

Cinq jours. Elle tremble, d'impatience plus encore que d'appréhension.

Deux jours.

Plus que deux jours. Dans deux jours ils se voient pour se jeter dans les bras l'un de l'autre. Puis se dire qu'ils vont en rester là.

Dans deux jours ils se voient. Pour s'étreindre et se rejeter à la fois.

Elle, donc, le sait. Son laïus de séparation est prêt. Mais lui ? Se doute-t-il ? Sent-il ce qui l'attend ?

Pour l'heure, ils vont se voir et c'est tout ce qu'elle voit. Ils vont se voir. *Ils vont se voir*. Rien d'autre ne compte. Et rien ne peut gâcher les heures qui mènent à cet instant magique. Ils vont se voir. Dans deux jours.

Ça y est. Demain ils se voient.

Dans douze heures. Dans douze heures, ils se voient.

Elle lui écrit, la veille, le soir, tard : Et je te dis, à demain. Et cet "à demain" a clairement une autre saveur. Good night mon photographe.

Là, on est le matin. Tôt. Dans trois heures ils se voient. Allez quatre.

Elle écrit : Pardon mais je t'assure qu'il fallait que je dorme un peu… Donc là, douche, petit dèj, ravalement de façade, plus un truc que je dois scanner pour envoyer à mon ex-mari (surprise du matin). Laisse-moi juste une heure…

Mais après… Après je pars. Après j'arrive !!! (elle aligne, hérésie délibérée et jouissive, trois points d'exclamation avant de redire :) J'arrive.

J'arrive.

Elle pleure à longs et gros bouillons, secouée de sanglots si forts qu'elle ne peut dans un premier temps pas aligner les mots. Pour de haute lutte parvenir tout de même à chevroter :

"Quand je suis montée dans ma voiture ce matin j'étais folle de joie. Et en même temps, par habitude, j'essayais de me réfréner en me disant : tant que je ne suis pas avec lui… Mais c'était plus pour conjurer le mauvais sort. Pas un instant je n'avais imaginé que… Ce trajet, mon Dieu, je t'assure, je me l'étais fait mille fois dans ma tête. Avec ma super playlist. Puis mon arrivée…"

Elle est partie. L'embrayage de la vieille Honda a lâché au bout de deux kilomètres. Elle n'a pu faire la route dans les temps pour le croiser. Du moins ainsi n'ont-ils pas dérapé. Pas comme ils l'espéraient et le redoutaient à la fois.

Tout ça pour ça.

Ouh la la. Elle dérouille.

Le bonheur n'est pas une prison, mais parfois la liberté tient à un embrayage pété.

Donc pas de mains, pas de doigts, pas de bouches ou cheveux, pas d'yeux droit dans les yeux. Juste un appel FaceTime pour se dire ce qui aurait été moins douloureux exprimé de vive voix – ou pas. Ou, tiens, justement, *pas*. Ils ne sauront jamais. Juste dire, par exemple, d'une voix qui tremble parfois, mais qui regagne peu à peu de l'assurance, ce qu'elle était de toute façon déterminée à dire, quoi qu'il fût arrivé, passé d'inévitables et transgressifs frôlements : "J'ai le cœur déchiré, tu comprends. L'impression d'être dans une impasse. Désolée pour le cliché, mais c'est ça. Et je me tape la tête contre le mur. Croire au sort c'est attendre. Et je ne veux pas attendre ce qui ne peut pas arriver. Ce qui ne doit pas arriver." Elle lui explique qu'elle juge dorénavant les hommes par rapport à lui et qu'aucun ne lui semble soutenir la comparaison. Or, lui dit-elle, "je ne peux pas m'en sortir comme ça. Mes histoires de cul me conviennent très bien. Mais un jour je vais avoir envie qu'un homme me prenne dans ses bras. Le problème c'est que je ne laisserai personne le faire tant que ce sera comme ça entre toi et moi."

Il dit qu'il comprend.

Elle dit : "Je préfère encaisser une bonne fois. Violemment. Plutôt que cette souffrance lancinante, quotidienne... Ne m'en veux pas. Mais il faut que je me *sauve*, tu comprends : il faut que je m'envoie à moi-même une équipe de secours. Pour me sortir de ce piège."

Il dit qu'il comprend.

Elle le remercie, lui demande pardon et juste après dit au revoir en utilisant le mot "amour".

Elle le voit et l'entend alors lui dire exactement les mêmes mots en retour.

Elle les redit une fois.

Elle sent monter les larmes. C'est elle qui met fin à la communication. Elle ne sait pas s'il a alors redit lui aussi en retour : au revoir mon amour.

Donc voilà. Ça, c'est fait.

Un mois est passé. Elle cicatrise. Doucement. Il faut bien. Animation du Centre assurée. Fille dûment maternée. *Sex friends* fiables relancés.

La vie a ainsi repris. Normale, serait-elle tentée de dire. Enfin, disons, "normale". Normale entre guillemets.

Dans les jours qui ont suivi le rendez-vous manqué, elle a reçu l'un de ces mails effusifs qu'il aimait envoyer.

Louve cavaleuse,

Là, vraiment, vraiment, j'aimerais être déjà sur l'autre rive. Pour l'heure la traversée est agitée. Bla-bla-bla bla-bla-bla. Il fait long. Comme de juste. A l'en croire, là, il nage, il rame, ça n'est pas clair, mais en tout cas *s'efforce*, en direction d'une *rive d'en face* qu'il leur faudrait atteindre : *une complicité d'anciens amants qui ne se sont jamais touchés. D'ex-amoureux qui n'auront jamais ne serait-ce qu'uni leurs lèvres.*

Pourquoi pas. Oui, dit comme ça, ça a l'air bien. Complicité d'anciens amants qui ne se seront jamais touchés. Elle est d'accord. Dès que possible. Mais pas là.

Pas tout de suite. Parce que, oui, elle aussi, par moments, elle trouve ça dur. Mais c'est le jeu : on arrache le pansement, des bouts de peau viennent avec. Et puis bon, ça repousse.

N'empêche que bon, en attendant, pardon : tout ça prouve bien. Quelle grosse chierie, l'"amour" ! Quel piège à cons, le cœur. Attention ! Que le cul, pour autant, ne s'imagine pas non plus en droit de la ramener. Oui parce que, dans son genre, déso, le sexe ne vaut guère mieux. Pour vous pourrir la life, chacun à sa manière, les deux font bien la paire.

Car elle, sans déconner, tout baignait. Elle, elle se trouvait bien. Sexe ludique sans attaches. Cœur du coup au repos. Hibernation peinarde. Et quand, sans qu'on lui demande, il se mêle de se réveiller, c'est pour de l'impossible. Un engouement impropre à la consommation. A quoi bon, s'il vous plaît, avoir de la sorte rouvert des chakras qui, fermés, n'embêtaient personne ? Ce qu'elle ignorait ne pas ressentir ne la privait nullement. Tandis que là. A présent elle sait. Elle sait comme ça peut être doux. Doux et violent. Comme si elle avait eu besoin de ça.

La voilà bien avancée.

Justement. Elle avance. C'est un talent qu'elle a. Avancer.

The beat goes on, chantait Cher à Bono. *So must the show*, dit-on. *And so does life.* Quoi qu'il. *Life goes on.* Tant qu'elle dure.

Un jour à la fois. Survivre à celui-ci afin de lutter demain. La vie est un entrelacs d'aphorismes cuculs. Un embrouillamini d'adages de *fortune cookies.*

Là, donc, exit le roi de cœur et dehors l'as de pique, in fine semblablement toxiques.

Le photographe est sorti du cadre. Et l'autre taré ne s'est pas remanifesté. Cœur et cul libérés. L'horizon dégagé. Infini des possibles. Il faudrait que ça dure.

Un mois est passé. Elle cicatrise. Doucement. Il faut bien.

Quelques aubes. Quelques retours au bercail enrichis de moments Miranda. Epoumonée à l'unisson de la sono quand arrive le refrain, concentrée pendant le couplet.

I wear a town like a leather jacket. J'enquille les villes comme j'enfile des blousons. Quand la dernière en date ne me va plus, je la laisse où elle est (tu remplaces "ville" par "mec" et ça coulisse impec). Si t'as besoin. Je serai là où ma réputation ne m'aura pas précédée. *Maybe I'm addicted to goodbyes.* T'être bien, finalement, je kiffe les ruptures, chuis accro aux séparations…

'tention ! *Chorus* ! C'est à elle. Tue-tête. Couvrant l'autoradio :

Another vice, another town. Une autre faiblesse, une autre ville. *Where my past can't run me down.* Où mon passé va pas venir me faire chier. *Another life, another call.* Une autre vie, une autre rencontre. *Another bed*

I shouldn't crawl out of. Un autre lit dont je ne devrais pas être en train de m'extraire.

La chanson sent le vécu comme elle, là, sent le cul. Sent le cul à vingt mètres, comme on dit. *At seven a.m. with shoes in my hand.* 7 heures du mat escarpins à la main. *Said I wouldn't do it, but I did it again.* J'avais dit jamais plus et bien sûr j'ai remis ça. *And I know I'll be gone tomorrow night.* Quand bien même il est clair que demain soir, je serai déjà loin.

Mmm, another vice. Encore un défaut que j'ai.

Et puis se taisant à nouveau, pour le dernier couplet. Le dernier couperet, verdict vérité, bim, dans ta face. *Standing at the sink now, looking in a mirror.* Face à un lavabo à me fixer dans une glace. Aucune idée d'où je suis ni comment je m'y suis retrouvée. *Well, the only thing that I know how to find.* Mais bon, on va dire : seul truc que chois vraiment bonne à dénicher. *Is another vice.* C'est une nouvelle connerie à faire. Un nouveau truc qu'en fait, vaudrait mieux pas. *Mmm, another vice.* Un défaut de plus que j'ai. *Yes another vice.*

Et donc certains matins, tout juste rampée hors d'un pieu où, à bien des égards, elle n'aurait pas dû se retrouver, mais où il a fait bon se sentir chahutée, visitée, embrochée, bouffée cru, même dégradée pour rire, le temps que ça a duré, elle roule et se recompose, la chanson comme un exorcisme, un rinçage. La nuit est effacée, comme une dette. Rien à se pardonner. On est comme on est. Fait de son mieux comme on peut.

Juste elle et elle, dans le cocon à roulettes, l'habitacle du tas de rouille. Miranda comme une ablution ou une absolution. J'avais promis de ne plus jamais recommencer et je viens juste de le refaire.

Juste, culpabiliser ? S'en vouloir un petit peu ? Tu sais quoi ? En fait, non. Au bout du compte, pourquoi ? Elle dérange qui ?

Prendre, ma fille, surtout, prendre. Prendre ce qu'il y a à prendre. Et ne pas s'encombrer.

Un autre défaut.

Sauf qu'en fait non. Ça, ça n'est pas un vice. Ça c'est juste la vie.

Un mois est passé. Elle cicatrise. Doucement. Il faut bien.

Mais bon, elle se remet quand même moins vite que n'a été rafistolé son tas de rouille désastreux. Le garagiste : "Pas vous mentir non plus, c'est du bricolage. Il est mort, l'embrayage. Là, c'est juste un sursis. Falloir voir à changer de véhicule." Toutefois, l'automobile a redémarré. Et tient insolemment bon depuis. La preuve, là, elle la conduit. Elle roule. Le crépuscule est glorieux, pavané et multicolore comme certains petits matins.

Comme parfois, sans qu'elle ne l'y invite ni ne le chasse une fois qu'il est là, le photographe est à ses côtés. Senti à l'avant avec elle. Place du mort et du flingue. *Riding shotgun.*

Là, au volant, toute concentrée qu'elle est sur sa conduite, elle sent son regard. Elle tourne la tête et c'est bien ce qu'elle avait imaginé : il a un petit sourire et une expression de sourcils l'air de dire, et donc ? On en est où ? A présent que je ne suis plus dans tes pattes, les choses progressent ? Tu fais un bon usage de ma disparition ?

Oh mais ce petit sourire ne va pas durer. Pour qui se prend-on ?

Alors *justement*, lui dit-elle mentalement. Justement ! Tu ne vas pas le croire et malgré tout c'est vrai et normalement ça devrait te fermer ta bouche et te rabattre ton caquet : *justement*, figure-toi donc qu'hier soir, j'étais au mall en train de faire des courses, et tout à coup j'entends une voix dans mon dos qui me dit, "Alors ? Toujours reine de la boule à facettes ?" Je me retourne et je me retrouve nez à nez avec ce type, là, je ne sais plus si je t'en avais parlé, sans doute pas, parce qu'a priori, il n'y avait pas lieu, l'oncle d'une des copines de ma fille avec qui elle cherche du coup à me caser. Je l'avais croisé il y a quelques mois quand Wynona a fait son spectacle de danse, on avait bavardé deux minutes et donc, là, je retombe sur lui. Scotchée qu'il se souvienne de la boule en gobelets. Moi j'avais oublié, pour tout te dire. Je réponds une connerie, je ne sais plus laquelle. Et là, son nom me revient, au gars : Wright. Harvey Wright. Toi qui me souhaites de rencontrer Mr Right. Ben voilà, mon bonhomme. Là, le parfait *meet cute*, comme dans une *rom-com*, excuse-moi du peu, ne voilà-t-il pas que je croise Mr Wright. Et qu'il me propose un verre ce soir.

Du coin de l'œil, elle le voit faire une moue impressionnée.

Et donc, dit-elle au passager qu'elle est seule à savoir assis à côté d'elle, dans le doute, tu seras heureux d'apprendre que j'ai accepté. D'ailleurs, là, c'est très simple, je suis en route.

Il hoche la tête, avec une mimique d'admiration surjouée.

Alors du calme. Retiens tes chevaux. Je ne suis pas non plus en train de dire que je m'apprête à siffler une *frozen* Margarita avec le grand amour.

Mais bon.

Telle que tu me vois, tout à l'heure, avec juste cinq petites minutes de retard réglementaires, je serai quand même à l'endroit indiqué.

Just in case.

Alors ?

Alors bon ben, pour résumer, globalement, la première "date" avec le dénommé Harvey Wright ne s'est pas trop mal passée, en fin de compte. Si ! L'un dans l'autre, le gars s'en sera plutôt bien tiré.

Après, *is Mr Wright "Mr Right"* ? Ça, c'est encore autre chose. C'est trop tôt pour savoir. *Mr Nice Guy*, en tout cas, ça, sûrement. Harvey, ça se voit tout de suite, c'est M. Mec Gentil.

Sinon, que peut-on en dire ? Physiquement, il n'est ni beau ni laid. En tout cas certainement pas laid. Des cheveux, pas de bide. Passe-partout, mais du coup, pourquoi pas ? Elle ne s'est pas non plus tapé *que* des beaux mecs. Et parfois, des mecs pas forcément canons au sens classique du terme, au pieu, ça faisait très honorablement la farce. Donc, là, le passe-partout, en soi, pas un problème, si le reste convient. Juste, "le reste", pour l'instant, coton à évaluer – à part, justement, qu'il semble super gentil et ça, l'âge venant, c'est vrai que ça peut avoir son charme, un mec gentil.

Déjà, bon point, il ne ressort pas la boule à facettes, c'est bon, elle a servi. A la place, dit son "embarras", par rapport à la circonstance, le rendez-vous, l'endroit, tout ça. "Je ne sais pas vraiment faire ça. D'une part, après la disparition de ma femme, les premiers temps, je n'étais pas du tout dans le sujet. Ensuite, tout le monde m'a dit de m'inscrire sur les sites, mais je n'y arrive pas. Donc, désolé, il y a sûrement un mode d'emploi pour ce genre de situation, mais je ne l'ai pas lu."

Elle répond qu'elle non plus, elle ne connaît pas la procédure réglementaire, à supposer qu'il y en ait une. Disant ça pour le mettre à l'aise et ne pas tout planter d'emblée, mais trouvant le numéro de timidité et d'inaptitude un peu attendu, et surtout très commode. Donc voilà : on va dire, là, c'est fait. Joker brûlé. Plus trop droit à l'erreur à partir de maintenant. Voyons ce qui vient derrière. *Next* ?

Ben "next", pitié, la vie professionnelle. Et allez ! Vas-y que je te coche toutes les cases, une à une. "Donc vous dirigez un musée, alors ?"

"Oui."

"Super."

"*Super*" ? Là, elle décide d'être moins indulgente. S'il n'améliore pas rapidement son game, elle ne va pas faire de vieux os au *5 o'clock somewhere* (nom du bar. Son choix à lui). Elle fait une moue et dit, "Certains jours, oui". Puis marque une pause et prend sciemment un ton las pour demander : "Et vous ?"

Le mec répondant alors qu'il a *au monde* le boulot le moins sexy, le moins glamour, le plus *boring* à évoquer en société.

Elle joue à deviner. Il est quoi ? Assureur ? *Certified Public Accountant* ? Gérant d'un McDonald's ?

Non. Ingénieur informatique. "Je ne le dis pas trop, parce que, soit les gens fuient à l'autre bout de la pièce, de peur de se faire chier avec un *geek* comme moi. Ou alors, c'est l'inverse : trop contents de faire ma connaissance. Ça alors, quelle coïncidence ! Figure-toi que, justement… Et là, pfffff ! C'est parti pour la ronde des mots de passe oubliés et des fichiers perdus, des fois que je puisse les dépanner, là, entre la sangria et le *guacamole dip*. Le pire étant – et ça, ça arrive étonnamment souvent – le pire donc étant quand il y en a qui disent : ingénieur informatique ? Comment ça se fait que t'as pas inventé une 'killer app' ou bien un algorithme qui rapporte des milliards ? En gros, si tu fais du code et que tu n'es ni Steve Jobs, ni Zuckerberg ou Sean Rad—"

"C'est qui Sean Rad ?"

"Le fondateur de Tinder."

"Ah oui. Je ne sais pas, je ne m'en sers pas."

"Non, vous, vous n'avez évidemment pas besoin."

"Comment ça ?"

“Vous, vous devez déjà être extrêmement sollicitée IRL, *in real life*. Pas besoin de vous inscrire à des apps de rencontres.”

Il avait déjà dit quelque chose d’approchant le soir du spectacle de danse et de la boule à facettes.

“Je ne sais pas. Un truc de génération, plutôt, je dirais. Je suis déjà trop vieille. Dans le temps, on disait, tu es vieux le jour où apparaît une nouvelle drogue et que tu ne l’essayes pas. De nos jours, la nouvelle drogue, c’est les applis de drague. Tu es vieille le jour où il en sort une nouvelle et que tu ne t’inscris pas. Donc voilà. Je suis vieille.”

“Et moi, en tant qu’informaticien même pas coté en Bourse, c’est pas vieux que je suis, c’est carrément bon pour la casse. Quarante-cinq ans et zéro app valorisée dix milliards de dollars à montrer au jury ? Non seulement je suis vieux, mais je suis un *raté*.”

“Buvons à ça, alors. Aux vieilles et aux ratés.”

Ils entrechoquent leurs verres.

Donc gentil. Pas ramenard. Et pas uniquement *geek* non plus. Aimant bien la musique, visiblement. Pas forcément la même qu’elle. Mais quand même, un bon point.

“A l’université, je me faisais un peu d’argent en mixant dans des soirées des Frats. Je pouvais faire la programmation pour tout ce qui était rock indé, gothic, punk, rock alternatif, électro ou années 80. Je peux encore le faire si quelqu'un fournit l'équipement. Par contre, R&B, rap, hip-hop et compagnie, je ne suis pas compétent."

Et puis, explique-t-il, fan absolu de Bruce Springsteen, qu'il a vu en concert plus d'une dizaine de fois. Et entonnant alors le couplet habituel de ceux pour qui voir "le Boss" sur scène relève de l'épisode miraculeux, l'apparition de la Vierge ou d'une soucoupe volante. Elle ? Non, elle ne l'a jamais vu *live*. Ah, il faut absolument qu'elle vive ça un jour. C'est une expérience unique ! Extraordinaire. Il paraît, oui. Qui sait ? Un jour, peut-être. Elle a déjà entendu ça tant de fois qu'elle s'arrange vite pour changer de sujet. Mais cette ferveur, soudain, pour parler de son idole va plutôt bien au type. Il n'a semble-t-il pas que des 1 et des 0 dans le ciboulot.

Bref, dans l'ensemble, le paquet pas forcément juste bon à jeter direct sans même l'avoir ouvert. Eligible pour une seconde chance. Bisou sur la joue au moment de le quitter, sur le parking, devant le bar, où galamment il l'a raccompagnée jusqu'à la vieille Honda. Mais "on se revoit vite" prononcé en le pensant, pour une fois. Et, dès ce soir-là, une fois chacun chez soi, sur messagerie, partis à correspondre. Soft, d'abord, mais avec une savante progression dans la complicité/*slash*/intimité, comme elle sait si bien faire. Ça, mon vieux, elle maîtrise. Du coup, c'est en experte qu'elle juge et jauge la façon dont le mec s'y prend et, là encore, pas mal. Gentil. Ne cherchant pas à faire le malin, à faufiler des doubles-sens finauds. Simple et nature. C'est reposant, pour changer.

Tant et si bien que là, *second date*, ils sont attablés dans la cafétéria d'un mall, avec lui en train de dire, "Je ne sais pas si nous allons faire plus ample connaissance ou pas, mais au cas où, pour rebondir sur ce que nous disions l'autre fois, quitte à paraître vieux jeu, j'aime bien l'idée que nous ne nous soyons pas rencontrés 'en ligne'".

"C'est vrai."

"Attention, je ne critique pas les gens qui font ça. Je suis sûr qu'il y a de très belles histoires qui commencent de cette façon, mais bon..."

Elle ne sait pas quoi répondre, donc elle ne dit rien. Depuis peu, elle sait enfin faire ça, plutôt que de toujours meubler dès qu'un silence menace. Il enchaîne.

"C'est curieux, moi qui fais du code, de ne pas être plus à l'aise sur les réseaux sociaux, les applis de messagerie et tout ça. C'est bizarre, non ?"

"Je ne sais pas. En même temps, ces applis et ces sites, est-ce que c'est moins romantique que les pick-up bars et les '*meat markets*' d'avant ? Ce qui est sûr, c'est que ça l'est toujours plus que les mariages forcés encore en vigueur dans certains pays."

Pourquoi a-t-elle dit ça ? Elle s'égare. Il recentre. "Ben en fait, moi, à ce stade de ma vie, je ne cherche ni l'un ni l'autre. Ni juste un coup d'un soir, ni le mariage. Mais tout de même, idéalement, une rencontre, une relation un peu plus suivie, si possible. Quelqu'un. Pas juste… Je ne sais pas comment dire ça, pardon…"

"Non. Je crois que je vois."

Bon, un peu plus tard, il la raccompagne à sa voiture. C'était okay, ce deuxième rendez-vous. Pas de quoi se griffer les seins d'extase. Mais pas odieux. Plaisant, même. Elle va s'impliquer. Jouer le jeu. Donner sa chance au gars. A l'histoire. Il est gentil. Différent. De toute façon il faut qu'elle enclenche quelque chose.

Mais quand, sur le parking du mall, ils arrivent à l'endroit où elle a laissé la Honda, au moment de lui dire au revoir, quelques mètres derrière, une rangée de voitures plus loin, qui elle repère, soudain ? L'air goguenard sous son chapeau reconnaissable entre mille, les fixant, adossé à son truck qu'elle connaît bien pour y avoir goûté ou subi des choses pas racontables ? Le bad boy ! Jason Loudermilk. Du coup, chose qu'elle n'aurait en toute vraisemblance pas faite si vite, ou même du tout, si le psychopathe ne s'était pas trouvé là, apparu dans le cadre, en train de les mater avec une mine chelou, donc chose qui, sans ça, presque sûr, ne lui serait pas venue, au lieu d'un bisou sur la joue ou, allez, grand grand max, d'un petit smack sur les lèvres pour que le gars puisse se dire que, tout de même, il y avait un progrès, non, là, pan ! Carrément, direct, sans sommation, prise de bouche de M. Mec Gentil – et puis bien, attention. Tant qu'à faire, en même temps. Grosse pelle bien, bien baveuse. Puis, une fois assurée que l'autre taré l'a vue faire, elle conclut le baiser et sans un mot de plus ni un regard s'installe à son volant, démarre et s'en va, plantant le malheureux Harvey Wright là. Enfin malheureux, pas tant que ça… Mais stupéfait, ça, oui. Et nous aussi, d'ailleurs.

Oui parce que bon.

Il y a ce que les gens disent et puis il y a ce qu'ils font.

Genre, là, typiquement : même après la fameuse confrontation à l'issue de laquelle elle avait réussi à se débarrasser de son vilain bad boy, quand deux semaines plus tard il l'avait contactée, cette fois en mode *repentant* ; jurant regretter tout ; le chantage, la raclée ; affirmant se haïr ; quémandant son pardon ; ben elle avait cédé et elle l'avait revu.

Revu, juste, au départ, oui, et bon, à partir de là, une fois en sa présence, ben voilà, c'est comme ça… Quoi ? Mais oui. Elle *sait* tout ça. Vous pensez bien qu'elle se l'est dit, sans se faire de cadeau. Très lucide sur elle-même. Mais sur le moment, qu'est-ce que vous voulez ? C'était juste plus fort qu'elle. Littéralement. C'est un salaud, un dingue, mais il n'y a que lui pour faire éprouver certaines choses. Elle s'en veut juste après. Elle s'en veut même *à mort.* Mais sur le coup, oublie. Elle perd toute volonté. Donc recraqué, allez, une ou deux fois.

Trois, peut-être. Quatre, max. Et puis, quand même, s'était ressaisie. Avait dit basta. Terminé. Cette fois, c'est pour de bon.

Il avait retenté sa chance, dans la brève période où elle refusait tous les rendez-vous après s'être déclarée au photographe anglais. Pour le coup, à fond dans leur truc de romance à distance, justement, elle n'avait pas replongé. Et de voir à cette occasion qu'elle en était capable, finalement. Qu'elle disait non au dingue, ça, mine de rien, ça ne lui avait pas déplu. Au point d'ailleurs que même lui avait fini par se le tenir pour dit et lui foutre la paix. Sauf que là, tu penses bien, de l'avoir vue comme ça avec un autre type, forcément, ça l'a redémarré au quart de tour. Depuis l'épisode sur le parking, elle l'a vu réapparaître *full force* dans le potage : il textote, il appelle. Et faire la morte ne résout rien car à ce train-là, la prochaine fois qu'elle sort, que ce soit de chez elle ou du musée, il sera là, avec son chapeau de rouleur de mécaniques et ses bottes mexicaines en python, appuyé contre sa Honda, pas gêné, à l'attendre. A ceci près tout de même que, elle, cette fois, elle réalise, elle n'a *aucune* envie de le voir. Première étonnée de ne pas être tentée. Mais, pour la première fois depuis ce fameux soir, dans le faux *honky tonk*, quand il lui avait dédié la chanson de Billy Joe Shaver, il ne la trouble pas. Elle se sent libre, détachée. De marbre. Elle n'en a plus envie. Et par ailleurs n'en a plus peur non plus. Ça *aussi* c'est une bonne nouvelle. *Mr Nice Guy* n'y est pour rien. C'est elle qui a fait du chemin et, allez savoir comment, s'est finalement guérie. Mais en revanche, puisqu'on parle de *Mr Nice Guy*, si elle veut tenter ce coup-là pour de vrai, elle ne peut pas se permettre d'avoir l'autre dans les pattes. Là, elle doit clarifier. Lasse, soudain, des combines et des compartiments. Problème : Jason Loudermilk n'est pas le genre à envisager "non" comme une raison suffisante d'arrêter de faire chier. Il va donc falloir lui *prouver* que c'est fini n-i-ni. Terminado. Plié. Qu'il doit lâcher l'affaire.

Là, ça va parce que, depuis le baiser surprise sur le parking, *Mr Nice Guy* et elle ne se sont pas revus. Juste échangé des messages où *Mr Nice Guy* a d'ailleurs eu le bon goût de ne pas évoquer la prise de bouche surprise. Pas évoqué, mais a tout de même pris acte, puisqu'il l'a invitée à passer deux trois jours avec lui à la plage. Elle a tout de suite dit oui, considérant que bon, ça va. C'est bien joli, *first date, second date*, mais arrive un moment, il faut soit débrancher, soit se jeter à l'eau. Or, pour se jeter à l'eau, quoi de plus indiqué qu'une station balnéaire du golfe du Mexique ? C'est comme ça que voilà : a priori, cette fois, *Mr Nice Guy* et elle, ils passent au cran du dessus. Sauf qu'avant ça, pas le choix ma petite fille, elle doit faire le ménage, larguer l'autre givraga et une bonne fois pour toutes. Sinon, c'est pas possible. Ça ne pourra pas marcher.

Dès lors, puisqu'il faut qu'elle, il n'y a donc plus qu'à.

Dans les films, ça marche bien. L'héroïne décourage un prétendant collant en demeurant insensible. L'autre peut bien s'évertuer, c'est peine perdue, mon gars. Non, rien de rien, rien, elle n'éprouve plus rien. Mais alors rien. Pas *ça*. Sans même parler de son cœur, son corps reste de marbre.

Dans les films, donc, ça marche.

Et là, pour elle ?

Que va-t-il en être ?

Quand le bad boy a rappelé, elle a décroché et accepté ce qu'il lui proposait.

Ils sont dans le désert. A l'endroit exact où il l'avait filmée un soir. "Leur" coin de désert, pourrait-on dire.

La Honda est garée en bordure du chemin.

Ils sont à l'avant de son pick-up, comme ils l'ont été tant de fois.

Il veut l'embrasser. Elle se dérobe. Non. Pas de baiser. Ce qu'il veut, mais pas de baiser.

Agacé, il lui dit de baisser son jean. Elle obtempère et plante ses yeux dans les siens comme pour le mettre au défi de continuer. Le fixe l'air de dire, Tu veux ? Tu veux vraiment ? Eh ben allez ! Allons-y. Tu verras bien, comme ça. Tu auras la preuve que je ne te mens pas quand je dis que c'est fini. Que tu ne me fais plus rien. Tu sais aussi bien que moi que certaines choses ne se contrôlent pas, ni dans un sens ni dans l'autre. Donc tu vas voir.

Et là, ouf. Dieu soit loué, son corps ne la plante pas. Tout de même. Elle avait beau le pressentir, ça reste un soulagement d'avoir confirmation, de ne pas se retrouver démentie, contredite par une réaction mécanique des tissus à la stimulation de certaines zones. Là, c'est patent. Il a la preuve concrète : il ne lui fait plus l'effet qu'il avait jadis. Et du coup lui fait mal. A beau se démener, fourrager comme un fou, rien ne vient.

Il s'obstine, cependant. Il s'escrime. Elle endure. Impavidité dont il finit tout de même par s'aviser et s'agacer. Dépité, il renonce. Elle dit : "C'est bon ? Je peux y aller maintenant ?"

Il ne répond rien. Elle voit le moment où il va la battre, comme l'autre fois. Elle se sent prendre peur, aimerait que ça ne se voie pas. Eh bien pas du tout. Il éclate en sanglots. Alors ça, par exemple. Elle ne s'y attendait guère. Sauf que, elle, c'est trop tard, il peut éclater tant qu'il veut en ce qu'il veut, elle n'en a plus rien à carrer. Il peut bien lui pleurer des rivières. C'est trop tard mon garçon. Elle descend de son véhicule, rejoint le sien, démarre et s'en va sans un regard.

Il lui a vraiment fait mal. Mais ça ira.

Parfois la liberté est au prix d'un sale moment passé.

M. Mec Gentil est déjà en bord de mer. Elle l'y rejoint en avion. Pas moins de deux heures, avant, pour arbitrer le contenu du sac – pas se trouver être la fille qui en fait trop, sans se voir prise de court non plus. Adaptable à tout et toujours à son avantage. Parce que, c'est un peu glamour, tout de même, avoir comme ça rendez-vous face à l'océan. Alors, certes, pas Antigua ou Bora-Bora. Une station sur le Golfe pour familles classe moyenne et *springbreakers* en rut. Mais tout de même. Il s'agit de prendre l'avion pour aller retrouver un homme. Ça reste romantique. Autant y mettre du sien.

Pendant le vol, elle se dit qu'elle est prête. Si ! Allez ! On y va. On verra bien. D'ailleurs, pour être sûre d'être dans les bonnes dispositions, après s'être en principe délestée du psychopathe, elle s'est aussi engueulée avec le photographe anglais. "Engueulée", non. Mais elle s'est fait le plaisir d'une petite mise au point.

Tout ça parti bêtement d'un long mail comme il fait : il y parle d'un boulot qu'il vient de réaliser pour le supplément dominical du plus prestigieux quotidien du pays. Dans un quartier défavorisé de sa grande mégapole du Nord-Est, une troupe amateur de jeunes quasiment tous d'origine afro ou latino-américaine monte une production de *U-Carmen Ekhayelitsha*.

You Carmen *quoi*?

Elle ne sait évidemment pas de quoi il retourne mais, très obligeamment, il lui résume la page Wikipédia: il s'agit donc de la version théâtrale d'un film sud-africain de 2005 qui transplantait dans un township de Johannesburg l'action de *Carmen Jones*, comédie musicale montée aux Etats-Unis pendant la Seconde Guerre mondiale à partir d'un opéra français de la fin du XIXe siècle, lui-même tiré d'une nouvelle, française elle aussi, publiée en 1830.

Censément inspirée d'un fait divers qui avait en son temps défrayé la chronique andalouse, ladite nouvelle raconte comment une belle gitane est assassinée par son soupirant officiel, petit mec ordinaire, pris de folie féminicide en voyant sa courtisée flirtailler avec un toréador en vogue. A Broadway, puis au cinéma, l'affaire se déplace dans la communauté noire d'une ville du Sud profond et le toréador devient boxeur, puis rappeur dans *Carmen, the Hip-Hopera*, film de 2001 où Beyoncé fait ses débuts à l'écran, ainsi que dans la version sud-africaine de 2005. Pour le reste, le "crime d'honneur" reste identique: gitane, noire américaine ou africaine, l'héroïne est, comme l'écrit le photographe, "une femme qui paye le prix de sa liberté”. Et le voilà parti à rhapsodier : “Marginale, insoumise qui transgresse les codes sociaux, sa liberté la rend littéralement insupportable aux hommes, d’où sa ‘nécessaire’ élimination. Pourquoi l’indépendance d’une femme, après avoir su être si séduisante aux yeux des mâles, devient pour eux une menace scandaleuse.” Elle manque de lui répondre, pourquoi la verbosité d’un bavard, après avoir tant diverti, devient à force rasoir et prévisible. Oui car, un temps, ça l’a charmée, ces envolées qu’elle lui inspirait. Là, ça l’énerve. C’est une faute de goût de continuer à lui adresser de telles tartines. Ils se sont mis d’accord. Ils se sont dit au revoir. Au revoir mon amour. Mon amour, mais au revoir. Il faut savoir ce qu’on veut et se tenir à ce qu’on dit. Le pansement a été arraché. Elle aussi, ça la brûle, par moments, mais on s’y tient. On doit.

Elle lui répond alors, à côté et sciemment : “Je suis désolée, je ne peux pas continuer à te dire des ‘*my love*’ ou t’envoyer des émojis cœur si je veux donner une chance à quelque chose d’autre. Tout est changé. Mais rien ne s’est perdu. Rien ne s’est perdu, mais tout est changé.”

Là, il tique. Il lui dit de l’appeler. Elle n’a pas le temps, l’avion à aller prendre. Il insiste. Ils se parlent brièvement. Leurs tons montent. Quand ils raccrochent, ils ne sont pas fâchés, mais ne s’en sont jamais tant approchés. Elle regarde devant elle. Il n’a qu’à faire de même.

Au passage, elle s'étonne elle-même, et se félicite. Elle, encore récemment reine des fers au feu multiples, là, serait-elle pour de vrai en train de dégager l'allée et aérer le grenier ? De cesser, première fois depuis des lustres, de mentir à tout le monde, y compris à elle-même ? Donner sa chance au truc. Si ça foire, elle aura essayé. De son mieux.

Bon.

Quand elle atterrit, *Mr Nice Guy* n'est pas seul à l'attendre. Il y a un petit garçon qui le tient par la main. *Jimmy ? Esperanza… Esperanza ? Meet Jimmy.* Le petit garçon lui fait un bisou sur la joue. *Mr Nice Guy* aussi et lui chuchote qu'il expliquera plus tard.

Elle a empaqueté beaucoup trop de fringues, finalement.

Non mais qu'est-ce qu'elle fout là ? Sans déconner, *qu'est-ce* qu'elle fout là ! Trois jours à baby-sitter un garçonnet de quatre ans, l'emmener à la plage et dans des parcs d'attraction. Le gamin est chou, pas la question, et lui il est bon père, du moins il semble (les qualités c'est comme les défauts : si on cherche, on en trouve). Juste, intimité zéro, du coup. Elle qui, pas sûre, appréhendait l'idée de faire chambre commune avec le "gentil mec" après juste un baiser, là, le problème est réglé. Deux piaules et puis c'est tout. Avec *Mr Nice Guy* emmerdé, forcément, lui glissant juste, "Le plan que j'avais monté pour le faire garder a capoté à la dernière minute. J'aurais voulu te prévenir mais il était trop tard. Pardon".

Kay.

Elle est d'abord fumasse. Mais assez vite prend le parti d'en rire. Après tout, c'est peut-être mieux ainsi. Ça leur ménage un round d'observation supplémentaire, bien être sûrs, au lieu de se ruer à l'aveuglette. Un de ces contretemps dont on rit par la suite en se les remémorant. Une péripétie de comédie romantique.

Tant et si bien que M. Mec Gentil n'est pas encore éliminé. Il bénéficiera d'une dernière chance. A lui de ne pas la gâcher.

Sauf que du coup, puériculture surprise et romance empêchée lui laissent le temps d'aller regarder en ligne à quoi ressemble cette Carmen assassinée à qui on la compare. Curieuse, malgré tout. Ce qu'elle découvre la fâche. Sous couvert de "femme libre" et de grandes théories, l'air de rien, c'est à une garce frivole que l'autre l'assimile. Une "fille de mauvaise vie" qui préfère s'éclater avec un égoïste plutôt que devenir l'épouse du brave con épris d'elle. Elle écoute sur YouTube ce qui semble être le grand air de l'affaire. La fille explique qu'un type qui lui offre un diamant pourra toujours courir. Tandis qu'un autre qui la rudoie pourra profiter d'elle à sa guise. *One man treats me like I was mud/And what I got, dat man can get.* Alors, soit. Elle a su ressembler à ça : Jason Loudermilk, effectivement, la "traitait comme de la boue" et aura joui en retour d'accès *all inclusive* à ce qu'elle a de plus intime. Ça, indéniablement, indifférente aux braves neuneus transis d'amour, et en revanche mise en transe par un psychopathe, *You go for me and I'm taboo/but if you're hard to get I'll go for you*, si tu ne m'aimes pas, voire me maltraites, je t'aime, et si tu m'aimes, gare aux dégâts, elle a pu correspondre au profil. Sauf que là, c'est fini. Fini, oui. Sauf hélas, semble-t-il, à ses yeux de photographe anglais. Lui, c'est ainsi qu'il s'obstine à la voir. Regrette-t-il à présent ce qu'il a pu éprouver ? Et dans son refus initial de franchir certains pas, doit-elle continuer à lire un noble caractère, ou le recul d'un froussard ? La fameuse "complicité de vieux amants qui ne se sont pas touchés", grandeur d'âme ou lâcheté ?

Putain, ce "merveilleux complice" la fait chier, soudain, avec ses mayonnaises à la mords-moi le nougat. La vie est agréable aussi quand elle est simple. Ça, clairement, Harvey le Mec Gentil est moins torturé du bulbe. Ça a ses inconvénients. Pas très à l'aise à la manœuvre. Manque un poil de hardiesse. Mais il faut savoir ce qu'on veut. On ne va pas se plaindre de la cruauté des prédateurs sûrs d'eux, et ensuite reprocher aux respectueux de trop l'être. C'est bien aussi, les mecs doux. Un chemin apaisé. Apaisant. Les bad boyeries, merci. Donc Monsieur le photographe je-sais-tout se *goure*. Il se goure *complètement*. Cette fois, Carmen va choisir le chic type. Et laisser le toréador se faire encorner ailleurs.

Rien que pour le faire mentir, tiens, avec ses petites insinuations entendues, elle va tenter le coup à fond avec brave Harvey Wright. Ça fera les pieds à l'autre. Il pourra remballer ses intuitions et ses analogies. S'il veut théoriser la liberté des femmes, surtout, qu'il ne se prive pas, mais qu'il veuille bien ne pas l'enrôler, elle, dans ses démonstrations. La laisse vivre sa vie comme elle l'entend, justement, c'est-à-dire sans se sentir tenue d'être un symbole ou une pionnière. Juste prendre ce qu'elle peut prendre et là, ce qu'elle a envie de prendre, subitement, c'est ce mec veuf avec un gamin – donc, en principe, sur le papier, l'exact contraire de ce qu'elle chercherait. Eh bien, justement : voilà.

Mr Nice Guy, lui, ne présume pas. Ne prétend rien. Ne présuppose aucune intuitivité élective ou autre pseudo-connivence gémellaire. Mais il fait preuve de tact, ses questions sont timides. Il craint d'être indiscret. Il dit qu'une femme a droit à ses secrets.

Et là, pour se faire pardonner le week-end de baby sitting, il annonce qu'il a pu se procurer deux places pour le concert que donnera tout bientôt Bruce Springsteen à deux heures de chez elle.

Bruce Springsteen. En concert.

Bien joué M. Mec Gentil !

Well done Mr Nice Guy.

“Et donc ? Alors ?” demande Leslie l’esthéticienne.
“Quoi, ‘alors’ ?”
“Oh ! Allez ! ‘*Mister Right*’ ? Le sexe ? Bien ou bien ?”

A l’évidence, ce concert est un superbe cadeau. Si ! Elle ignore comment il a pu mettre la main sur deux places et préfère ne pas savoir combien ça a coûté, mais, oui, un magnifique cadeau, dont la valeur d’ailleurs ne se mesure pas seulement en dollars. Par-delà la somme, quelle qu’elle soit, fan comme il est, lui, ça doit, vu de sa porte, représenter encore plus que ça, d’autres choses viennent s’y greffer. Elle ne peut donc qu’être touchée. Et elle voudrait qu’il le sache, qu’il sente sa gratitude.

Elle a fait la route en Honda, qui a tenu la distance cette fois. Bon signe. Mais à la dernière minute, au lieu de le retrouver au motel, il lui dit de le rejoindre directement au stade où il se trouve déjà. Elle se gare à perpette et, marchant longtemps pour rejoindre la porte indiquée, l’aperçoit mêlé à un groupe d’autres fans des deux sexes. Des gens de leur âge qui réchauffent pour un soir des attitudes d'ados. Tous portent des T-shirts commémoratifs d'une tournée précédente, ostensible datation au carbone 14 de leur entrée en religion et dès lors de leur rang, préséance revenant bien sûr au T-shirt le plus délavé. Il la présente. Tous l'accueillent chaleureusement et s'extasient en apprenant qu'il va pour elle s'agir d'une première fois. Le mot baptême est prononcé. Puis la conversation que son arrivée avait interrompue reprend, très vite cryptique. Des titres de chansons qui ne lui disent rien. Des dates de concerts passés gravés dans leurs mémoires. "Telle ville en telle année, la version de tel morceau était juste insensée." Elle les croit. Elle ne comprend pas tout, sinon qu'ils s'efforcent de suivre le groupe partout, d'assister à chaque "date". Comme des disciples. Oui, plus encore qu'un car de supporters, ils font l'effet d'une secte. Inoffensive, a priori, mais fervente et adulatrice. Clairement, culte il y a.

Dieu merci, Harvey Wright reste pour sa part assez sobre dans l'expression de sa piété. Bon point pour lui, il n'a pas sacrifié au dress code des ultras ni au T-shirt souvenir. Quant à ses amis, plutôt que s'agacer de leur infantilisme, elle va faire de son mieux pour entrer dans leur danse. Jouer le jeu. Se laisser, elle aussi, emporter et soulever. Ne pas faire sa maligne.

De fait, une fois rejoint les places, l'impatience de tant de gens amassés finit par exhaler une certaine contagiosité. Elle aspire à présent à leur niveau d'effervescence. Tant qu'à faire d'être là, n'est-ce pas, autant vivre l'histoire jusqu'à son comble, voir la lumière, être enfin initiée, éprouver, elle aussi et au max, *the full* "Boss sur scène" *experience*. Il fait encore jour quand le spectacle commence et, c'est vrai, c'est excitant, cent mille personnes en liesse d'un coup et tous ces décibels. Une première heure passe. Elle sait qu'il a coutume d'en enquiller trois, quatre comme ça à près de soixante-dix ans. Elle trouve les chansons longues, parfois. L'expression un rien pompeuse. Mais le charisme du gars balaie tout. Sur les écrans géants, il est canon. Pour son âge, nom de Dieu, belle forme.

Donc voilà. C'est tout bête. Elle est là pour passer un bon moment et à force, sent que ça vient. L'appétit en mangeant.

Sous la lumière dorée de l'heure exquise, dans le miel d'un sunset languide et étiré, Mister Wright ressemble vraiment à *Mister Right*, soudain, hâle rehaussé, éclairé de l'intérieur, tandis que tout autour, la moindre teinte fait vie, fauvie, rougeoyée, vernie de soleil doux et rasant, dans une brève illusion d'éternité de l'Eté. Fugace Eternété et la musique est bonne. Cet homme qui l'a invitée semble très heureux, tout de suite. Et elle va l'être aussi, du coup. Quand il se tourne vers elle, elle prend l'air enthousiaste sans devoir se forcer.

Et c'est alors que…

Oh non !

Non. Pas maintenant.
Pas maintenant.

"Quoi, 'alors' ?"
"Oh ! Allez ! '*Mister Right*' ? Le sexe ? Bien ou bien ?"
"N'y a pas eu."
"Comment ça 'n'y a pas eu' ?"
"N'y a pas eu. J'étais indisposée. En avance, mais violemment. Pliée en deux de douleur. Donc zéro. Partie encore remise."
"Oh. Mince. Ben dis donc, vous n'avez pas de bol, vous alors. Pour un peu, on aurait envie de dire que le sort s'acharne."
Pour un peu, oui…

Elle lui a dit qu'elle allait rentrer à l'hôtel s'allonger. Non. Non, vraiment. Surtout pas. Pas la peine de l'accompagner. Qu'elle n'allait pas en plus lui gâcher le concert. Et puis, une fois au volant, elle décide de faire la route et rentrer au bercail, ne voyant guère l'intérêt de partager un lit un soir comme celui-là.
Et bien évidemment, elle a beaucoup moins mal revenue au nid.

Leslie en train de dire : "Quand ça veut pas, ça veut pas." Leslie l'épilatrice lit la bonne aventure dans la cire qu'elle vient juste d'arracher comme d'autres savent le faire dans le marc de café. "Là, peut-être ça veut pas."

Elle lui répond : “Pas forcément. Au contraire, tu peux te dire que c’est la version ‘vraie vie’ d’un début de comédie romantique.”

“Comment ça ?”

“Ben oui. Dans les *rom-coms*, ce sont tous les contretemps qui donnent de la valeur à l’histoire que vivent ensuite nos deux héros – quand elle commence enfin, après le happy end. Avant ça, l’inévitabilité de leur amour se mesure précisément à la somme des obstacles qu’ils doivent surmonter. En gros, si une relation en vaut vraiment la peine, d’abord, la vie te teste pour vérifier que tu la mérites bien. Du coup, parfois, des éléments contraires sont en fait la promesse d’une merveilleuse histoire – alors, paradoxale, la promesse, je te l’accorde, mais n’empêche. Tu me suis ?”

Leslie voit bien, mais ne capitule pas. Loin de là :

“Dans les *rom-coms* oui. Pas dans la vie.”

Donc là, pendant que Leslie lui fait lever les jambes, elles se mettent à en débattre.

Bon. C'était couru, en même temps.

La seule inconnue c'était quand ?

Ben voilà. Il est là. Là et en grande tenue. Rien ne manque à la panoplie de pseudo-desperado. Le chapeau rabattu sur les yeux. La *pearl snap shirt* manches retroussées haut sur le biceps tatoué. Le jean, délavé à la chaux dirait-on par endroits tellement il a pâli, déchiré au genou, et les bottes en python. Pointues, mais esquintées. Elle remarque que la gauche a été rafistolée avec du gaffer. Le coton qu'il file ces jours-ci n'est pas de la meilleure fibre. La frontière est mince qui sépare à ce stade le *cow-punk* sans cheval savamment dépenaillé du simple palefrenier clodo.

Quelle ingénue, aussi, de s'être crue débarrassée d'un chewing-gum à la semelle aussi glutineux que Jason Loudermilk. La sécheresse dans le désert l'aura calmé un temps, mais comme de juste, ce soir, sur le parking du musée, qui trouve-t-elle à l'attendre, appuyé contre la Honda ? Monseigneur Triade noire. Il la laisse approcher et part d'un sale rire avant de dire : "Madame la directrice ! Tu n'espères quand même pas qu'on va en rester là ?"

Elle, alors, parvenant à adopter un ton indifférent pour dire "Bien sûr qu'on va 'en rester là'. T'as pas compris ? C'est comme si tu t'attaquais à l'épouse d'un parrain. Je t'ai dit que si tu me menaces trop, je ferai savoir à certaines personnes que tu peux constituer un risque pour *elles*. Et là, ça va changer de registre. Ce qui pourra t'arriver, ça ne sera pas du *revenge porn* ou des vidéos en ligne."

Il éclate à nouveau de rire. Un peu jaune, certes, mais tout de même – parvenant à l'intriguer, donc l'inquiéter, un peu. "Changer de registre ? Mais certainement ! D'ailleurs, qui vous parle vidéos, *Mrs Attorney General's wife* ? Toi aussi, tu vas voir qu'on va 'changer de registre'." Et il s'en va. La laissant se demander ce qu'il aura bien voulu dire par là. Venu l'attendre juste pour *ça*. Psychopathe, décidément. Et machiavélique ! Va-t'en passer une soirée sereine, après.

Sauf qu'elle, à force, s'est habituée à ses fanfaronnades et réussit à le chasser de son esprit. Elle n'y repense plus jusqu'au surlendemain, quand, passant en voiture, elle reconnaît de loin sa dégaine de mythomane au comptoir d'un food truck en compagnie de, roulement de tambour, Joe L. Dicker, AKA Joe l'Indien. Alors ça c'est encore autre chose. Que fricotent donc ensemble le torve Chiricahua et l'immortel auteur de *Camel Toe, Vertical Smile* et *Expensive Pussy*. Sérieux : le bad boy et Injun Joe. Voilà bien une brochette qui fait froid dans le dos.

Du coup, deux soirs plus tard, au musée, pendant toute la réunion des artistes membres et de la direction (toujours cette foutue participation au Festival de Camp Bouvier, Colorado, l'été prochain), elle a comme l'impression que l'Indien la fixe avec une intensité inhabituelle.

A la fin, alors que la salle se vide, elle manque de pousser un cri quand il l'accoste, comme surgi de nulle part. L'Indien disant, "Je t'ai fait peur ?" avec un sale sourire. "Là, je t'écoutais et je me disais, pourquoi on se connaît pas mieux, elle et moi ? C'est vrai, c'est dommage. Tu ne trouves pas ?" Glauque. "Qu'est-ce tu dirais, là, je t'offre un verre ?" Supra glauque.

Elle force un sourire et dit, "Oui, une autre fois, bien sûr. Là, j'ai déjà un truc. Excuse-moi". Elle quitte la salle et gagne sa voiture en courant presque.

Là elle roule. Elle rentre chez elle. Elle y sera seule. Wynona dort chez sa copine Tracy après la danse. Elle sent monter l'un de ces rarissimes moments où l'indépendance a un goût d'isolement, un rare soir où *alone feels lonely*. En roulant, elle aimerait quelqu'un à qui dire que tout ça, c'est parce qu'elle l'a voulu.

Mais justement. C'est le problème.

La vertu est sa propre récompense. La solitarité est son propre prix à payer. Les solitaires ne sont pas très entourés. Par choix, censément. Mais certaines heures, certains soirs, *even cowgirls get the blues sometimes*, dit la chanson. Même Jésus a douté dans le désert. Et ensuite, au gré de l'Evangile et de la traduction choisis, se serait laissé aller à dire "merde putain fait chier bordel" une fois cloué en croix…

Quelqu'un à qui dire, donc, là je rentre seule, mais attention : pas esseulée. Je rentre libre. Solitaire. Autonome. Indépendante. Et forcément, tout de suite, ça me fait moins de compagnie une fois rendue. Eh oui ! Mais parce que *je* le veux ainsi. Notant tout de même au passage : hormis l'esthéticienne, à présent que le photographe a été mis à distance, au moment de s'épancher si l'envie lui en vient, les guichets ne sont pas légion. Or elle ne peut aller se faire épiler non plus tous les jours, ni passé vingt-deux heures. Du coup, personne à qui dire, là, finalement, qu'à force de faux départs, quand il a proposé une rando VTT de plusieurs jours au Mesa Verde National Park, elle a *tranché* et désactivé l'option *Mr Nice Guy*.

Fait ça très "petite joueuse" : par mail. Pas très glorieux. Classique "*dear John letter*". Sauf, là, *dear John* était un…

Cher Harvey,

Je vais t'exprimer les choses par écrit plutôt que de vive voix. Par lâcheté, du moins pour une part. Mais aussi et je crois surtout parce que ça m'obligera à (et j'espère me permettra de) mieux choisir mes mots.

Par exemple, j'aimerais avoir mieux que "désolée" pour dire ce que j'éprouve. Mais je vais devoir m'en contenter, en espérant que tu voudras bien attacher au terme tout le sens qu'il peut avoir. Car je suis *désolée. Vraiment. Je suis désolée que ça n'ait pas pu s'enclencher mieux entre nous.*

Ce n'est pas toi le problème. C'est moi. Je ne suis pas prête à m'engager. Parfois il faut savoir lire les signes. Tous ces imprévus, toutes ces complications qui nous ont empêchés de partager les moments romantiques que nous avions envisagés sont peut-être venus bouleverser nos plans pour une raison : nous éviter de commencer quelque chose qu'il aurait ensuite fallu faire cesser assez vite, parce que je n'aurais pas su me hisser à la hauteur de la situation.

S'accablant plus que de raison. D'ordinaire, elle est plus laconique quand elle explique au gars que ça ne va pas être possible. Mais celui-là, le pauvre, il mérite quelques égards.

Je te souhaite de rencontrer sans tarder la femme qui saura correspondre à ce que tu cherches. Elle aura beaucoup de chance car tu es clairement un type formidable. Et je ne peux que déplorer ne pas être celle qu'il te faut, mais hélas pour moi, je ne suis pas celle qu'il te faut. Comme j'ai dit, celle qui va se retrouver à faire un bout de chemin avec toi aura beaucoup de chance. Je te souhaite à présent de la croiser très vite.

Voilà. Tout ça pour ça. Case départ. Retour à ses routines. Ses amants clandestins, "fun" et "sans prise de tête".

Certes, l'"amour" avec le photographe aura été bon à prendre le temps qu'il aura duré, mais pour le reste, peut-être est-ce ça, après tout, son destin : ses plans cul. Et au cas où, est-ce si grave ? Car tous comptes faits, ces "plans cul", quand ils en sont *vraiment*, quand ils sont vraiment bons, quand c'est vraiment du *sexe*, peut-être, donc, ces "plans cul" sont-ils en réalité un mensonge qui dit la vérité. Mensonge parce que atteint un certain degré de complicité érotique, les "plans cul" cessent peut-être de n'être que ça. Qui dit la vérité, dès lors que, secrètement pudiques, la physicalité de principe s'épargne l'obscénité des serments, vœux et déclarations.

Va savoir.

Juste, ça c'est théorique. Et là, très basiquement, arrêtée au feu toujours interminable au coin d'E. 71st & Garrett, en attendant que le rouge passe au vert, la solitaire se sent un chouïa *seule*.

Mais comment perdre espoir quand on se nomme Espérance.

On ne perd pas espoir, appelée Esperanza.

Tout de même. Là, son humeur est entamée – le bad boy, Joe l'Indien. Elle pique une parano : se sent seule, mais avec d'invisibles présences autour. Epiée, suivie. Pourtant, dans le rétro, pas de véhicule louche. Puis une fois à bon port, aucun stationnement suspect dans sa rue. N'empêche. Sitôt franchi le seuil, portes, fenêtres, elle verrouille tout ce qu'elle trouve et autant qu'elle le peut.

Elle dort profondément. Elle rêve qu'elle est au lit, qu'elle dort et qu'elle sent qu'on la manipule pendant son sommeil. A force, elle se réveille et découvre qu'elle a les poignets attachés par une boucle en plastique et un sac en tissu très opaque sur la tête. C'est comme certains cauchemars qu'elle faisait étant jeune, sauf, là, c'est pour de vrai. Elle a vraiment la tête dans un sac et les poignets menottés, accrochés à l'un des barreaux de son *original king size* en laiton doré. Elle s'est évidemment déjà trouvée attachée à un lit ; c'est en revanche la première fois qu'un *safeword* n'a pas été convenu au préalable.

Première pensée, Dieu merci Wynona dort chez sa copine.

Deuxième pensée plus naïve : se féliciter de n'avoir jamais aimé dormir nue quand elle a le choix. Donc là, c'est dérisoire mais elle s'accroche à ce qu'elle peut, se sentant protégée un petit peu par son short de jogging à palmiers et le T-shirt Miranda acheté trop grand exprès.

Sinon son sang-froid l'étonne. Crier ne servirait à rien, donc elle se tait. Se débattre serait inutile donc elle reste tranquille. Mais dans un cas comme dans l'autre s'émerveille d'être capable de le faire. Elle attend.

Et finalement, elle entend une voix déformée électroniquement par un micro, comme ceux qu'on achète aux mômes qui veulent se déguiser en Darth Vader, dire :

“Les femmes comme toi, ça mérite d'être punies. Ça mérite de payer.”

Elle a un sac sur les yeux et la voix est modifiée, donc impossible de savoir de qui il s'agit. Mais pour un inconnu, l'aveugler aurait suffi. S'il prend la peine de déguiser sa voix en prime, c'est qu'elle risquerait de la reconnaître. Ces précautions constituent une bonne nouvelle. Pour qu'on s'enquiquine ainsi à déjouer l'identification, c'est qu'elle est censée sortir vivante de cette séance. Quelque traitement qu'on lui réserve, il est prévu qu'elle y survive.

“Tu croyais peut-être que t'allais te débarrasser de moi et te taper d'autres mecs comme ça, tranquille, sans que je réagisse ? Tu croyais pouvoir me jeter sans que ça ait des conséquences ?”

Qui parle ? Quelqu'un qu'elle a repoussé, donc. Ça peut être tant de gens ! Récemment, il y a trois hommes qu'elle a mis à distance. Mais sur les trois, il n'y en a qu'un qu'elle pense capable d'une telle folie. Jason le psychopathe. Cette intuition la rassure. Elle le connaît.

Il est fou. Mais il y a des limites qu'elle sait qu'il ne dépassera pas.

"Je ne demandais qu'à t'aimer. A t'aimer comme tu es. Mais tu n'as pas voulu. Donc, là, tu vas payer."

"Payer" quoi ? Tout ça n'a aucun sens. Mais si elle joue le jeu, tout va bien se passer. Dérangé, mais pas vraiment dangereux. Du moins, pas avec elle. Voilà ce qu'elle se dit. Bien sûr, ne surtout pas lui laisser voir qu'elle a deviné que c'était lui, en dépit de toutes ses précautions. Ne pas lui gâcher son petit plaisir de malade. Entrer dans la danse débile. Interpréter la partition de la captive impuissante, de l'oiselle vulnérable. Comme un jeu de rôle un peu poussé en quelque sorte. Pour autant, il ne l'emportera pas au paradis. Quand ce sera fini, là, tant pis, elle en parlera à son mari. Elle lui dira, voilà, j'ai ce type, là, avec qui j'ai été assez conne pour coucher et qui à présent me fait une vie de merde, j'aurais besoin de ton aide. Rien que d'y penser, ça la fait presque autant chier que ce qui est en train de se passer. Devoir aller demander de l'aide à son ex. Se justifier. Sentir comme il la juge. "Espé, je sais que tu n'as pas de comptes à me rendre, mais là, tu es bien consciente que…" Putain mais ça n'arrête donc jamais, le cirque. *Leur* cirque. Entre celui qui lui met un sac sur la tête et celui qui ne se privera pas du plaisir de lui faire une bonne petite leçon de morale. Ils font chier. Sérieux, ils font *super* chier. Tous.

Elle prend son mal en patience. Elle attend que ça se passe. Elle essaye de ne pas vraiment écouter les sornettes qu'il débite sur le sort qui attend des "femmes comme elle".

Jusqu'à ce qu'une phrase la fasse tiquer.

"Après ce qui t'était arrivé avec l'autre fou, je pensais que tu saurais apprécier un mec comme moi. Mais non. Plus fort que vous. Vous aimez les salauds."

Ce qui t'était arrivé avec l'autre fou.

L'autre fou, c'est Jason le psychopathe. Donc là, ce n'est pas lui qui parle. Les trois possibilités se trouvent réduites à deux. Ou même, et c'est atroce, à une seule, car sur les deux autres types dont il pourrait s'agir, un seul est au courant de ses démêlés avec Jason. C'est donc forcément *de celui-là* qu'il s'agit. Celui dont elle n'aurait jamais cru ça. Celui dont elle aurait cru n'avoir jamais rien à redouter. Et ça mon Dieu c'est trop horrible. Non. Mon Dieu. Pas lui. Pas Nick. Pas le photographe anglais.

"Des filles comme toi, la seule façon de se faire respecter, c'est de mal vous traiter. Si un mec est sympa avec vous, vous le méprisez. Moi, t'as vu ? Je ne demandais pas mieux que de bien te traiter, malgré tout ce que je savais de ta vie par ailleurs. Mais c'est plus fort que toi. Les seuls mecs qui te plaisent, c'est ceux qui t'humilient. Tu préfères les salauds. Bah s'il n'y a que ça, pas de problème. Madame aime bien qu'on la traite mal, on va la maltraiter. Tu vas voir, là, tu vas adorer."

Et si elle a vu juste, si c'est bien celui auquel elle pense, c'est horrible parce qu'elle n'aurait jamais cru ça de lui.

En plus de la peur, il y a l'humiliation de s'être trompée à ce point.

Plein de choses lui reviennent, soudain. C'était quoi ce film dont il parlait quand ils avaient dîné ensemble, le truc où Diane Keaton joue une enseignante qui se fait assassiner, comme la sanction de son mode de vie trop "libéré" ? Et ces salades qu'il lui adressait à propos de la fameuse Carmen ? Sa "liberté", son "indépendance", qui le séduisaient tant... Elle aurait dû trouver suspects cet intérêt et cette bienveillance. Savoir se méfier encore plus d'un mec quand il prétend "aimer la liberté des femmes". Comme si ça existait ! La preuve. C'est si peu dans leur nature que ça cache forcément quelque chose, quelque chose d'encore pire que le machisme ordinaire affiché. Le macho assumé fier de l'être, au moins, on sait à qui on a à faire.

Un peu tard, cependant, pour se dire tout ça.

Là, subitement, elle n'est plus sereine du tout. Tous ses repères sont brouillés. Plus rien n'est sûr. Tout devient possible. A commencer par le pire.

L'autre – Nick – en train de dire : "Comme dit si bien mon copain Jeff, on ne peut pas simplement éduquer une salope en claquant dans ses doigts. Plutôt claquer sa gueule à elle. Il va te plaire, Jeff. Il ne va plus tarder. Tu vas voir. Très gentil garçon. Mais du coup, il ne trouve pas de fiancées. Par conséquent, Jeff se masturbe beaucoup. Plein de gens font ça, tu me diras. Mais Jeff, lui, ce qui le distingue, c'est les trucs qu'il utilise pour s'exciter, tu comprends ce que je veux dire ? Jeff, lui, à force de se prendre des râteaux, son panard, c'est plus juste de rêver qu'il se tape les pétasses qui le traitent comme de la merde. C'est même pas de les prendre de force. Non. Jeff, son délire, c'est de les massacrer. De les détruire. Jeff c'est un gars, par exemple, qui peut jouir en s'imaginant qu'il pénètre une nana, mais pas avec sa bite. Avec un tesson de bouteille. Il est spécial, de ce point de vue, Jeff. Et là, tout ce que je lui ai raconté à ton propos, il est chaud bouillant pour s'occuper de toi. D'abord te refaire ta petite gueule, voir si tu fais toujours autant ta maligne une fois qu'on t'a réarrangée. Puis après, aller voir ce qui se passe si on travaille plus bas. Ah. Attends, t'as entendu ? T'as pas entendu un bruit ? C'est lui. Jeff ? Jeff ? C'est toi, amigo ? Elle est prête, regarde. Elle t'attend. Elle nous attend. *Let the fun begin.*"

Il y a ce refuge mental. Son havre de paix imaginaire. Le coin de paradis virtuel. Sa "happy place". Un endroit apaisant qu'elle se représentait en rêve, où elle allait se blottir, lors de ces heures passées à la *palliative care unit* de l'Albany Stratton VA Medical Center. L'*endroit* existe toujours. Longtemps qu'elle n'avait eu besoin de s'y recroqueviller. Elle se concentre pour s'y télétransporter. *Sticks and stones may break my bones. Dicks and cocks may fuck my holes.* C'est à son corps qu'ils vont s'en prendre. Puisse son esprit tenir le choc.

Ainsi, jour après jour, au fil d'une agonie qui n'en finissait plus et médusait par sa durée les personnels soignants, au chevet de ce qui restait de Graham Running-Wolf, elle revivait cette fois où ils avaient dansé, au mariage d'un cousin. Elle devait avoir quoi ? Huit ans ? Neuf ans ? Mais elle revoyait la robe qu'elle portait ce jour-là, la coiffure que sa mère lui avait faite. L'orchestre jouait *Rose Garden* avec entrain. Et son père l'avait fait danser.

I beg your pardon
I never promised a rose garden
Along with the sunshine
There's gotta be a little rain sometimes
Son père l'avait fait tourner, tourner.

A présent, elle revit autre chose : elle est au musée. Elle accueille une classe d'élèves de la *Rez*. Des *11th graders* navajos présumés "difficiles".

Elle leur parle d'art, de l'art, part des peintures sur sable dont la tradition est entretenue chez eux et rebondit ensuite d'œuvre en œuvre jusqu'aux artistes exposés sur les murs, certains originaires comme eux de la *reservation*. Avant ça, défilent Georgia O'Keeffe et ses ossements blanchis, odes à la beauté intemporelle du désert et à la résilience du caractère de ceux qui l'habitent. Monet qui ne voit plus que d'un œil, et encore plus très bien, tandis qu'il finit ses *Nymphéas* et bouleverse au passage critères et paramètres de l'art et du regard. Hopper et sa lumière verte. Elle revient aux *sand paintings* et aux vertus curatives que les Navajos leur prêtent dans la quête de l'*Hozho*, c'est-à-dire la guérison, mais aussi la voie vers la beauté. La santé par le beau, en quelque sorte.

Et ils sont captivés. Même les plus turbulents. Même les durs de la classe. Tous l'écoutent, suspendus à ses lèvres. Passionnés, soudain. Elle sent ça et s'anime. Elle sait, là, ce qu'éprouve la rock star quand le stade lui obéit. Cent mille fans, trente élèves, c'est pareil.

Elle donne une *performance*. Et nénuphars franciliens et crânes de bovidés fauchés par la fournaise alors enchantent le cœur d'ados peaux-rouges pour l'essentiel condamnés à des MacBoulots. A moins qu'ils ne s'engagent dans l'armée. Ou ne finissent en prison. Mais pour l'heure, la sentence n'est pas tombée – du moins, n'est pas encore exécutoire. Ils jouissent d'un court répit et écoutent la directrice du musée, Mme Running-Wolf, leur parler de l'artiste et de ses pouvoirs. Elle aime faire ça. Elle le fait bien. Là, à cet endroit-là, dans un moment comme ça, rien d'autre ne peut l'atteindre.

Pas même, espère-t-elle, "Jeff? Elle est prête, regarde. Elle t'attend. Elle nous attend. *Let the fun begin*".

Michael D. Carver, l'*Attorney General* du Grand Etat du Nouveau-Mexique, est en train de dire, “Quand on s'est séparés, tu m'avais expliqué que mon entrée en politique avait accéléré notre éloignement. J'observe toutefois que mon titre de procureur général n'a pas que des inconvénients”.

Elle se souviendra d'un bruit de porte qui s'ouvre avec fracas. Et d'une voix, pas déformée celle-là, qui hurle, comme dans les films : *Freeze asshole.* Une autre voix qui hurle : *Down on the floor. NOW.*

La première voix, encore plus fort qui redit : *NOW.*

Puis des bruits de mouvements. Une cohue. Le son d'un corps précipité à terre. Des éructations. Des déplacements. C'est la bande-son d'une de ces scènes de film où des policiers interviennent brusquement. Serait-elle donc hors de danger ? Si vraiment elle est tirée d'affaire, alors elle trouve qu'on tarde à la libérer du sac qu'elle a sur la tête et des menottes en plastique qui la ficèlent au lit. Ah. Enfin. On lui parle.

On lui dit que tout va bien. Qu'elle est en sécurité. On tranche ses liens. On la débarrasse du sac. Elle découvre alors sa chambre remplie de policiers en tenue d'assaut, d'intervention, elle ne sait pas comment on dit, tout en noir, cagoulés et casqués, avec de grands F, B et I dans le dos. Et d'autres, hommes et femmes, en civil sous un coupe-vent marqué FBI dans le dos également.

Il n'y a jamais eu autant de monde autour de son lit.

Les agents ont déjà embarqué ce taré de Nick Nordham. Elle ne peut donc pas le regarder dans les yeux et lui cracher à la gueule.

Une fois établi qu'elle ne présente aucune séquelle physique, une agente en civil lui a demandé d'empaqueter un rechange et une trousse de toilette, ainsi que son téléphone et un chargeur. Les techniciens de scène de crime n'en auront pas fini avant plusieurs heures et la policière a reçu l'ordre de l'escorter jusqu'à son mari. Elle remplit un sac un peu n'importe comment, enfile un jean à la place de son short de nuit et suit l'agente dehors. Les gyrophares des véhicules agglutinés devant chez elle éclairent la rue. Les voisins vont jaser. Pourvu que personne ne filme et n'aille mettre ça en ligne. L'agente la guide jusqu'à un monospace sombre stationné en lisière du dispositif policier. Elle reconnaît tout de suite la Cadillac Escalade à vitres teintées de Son Excellence l'*Attorney General*.

L'agente ouvre la portière à l'arrière et c'est bien son ex-mari qui est assis sur la banquette. Officiellement, ils sont toujours mariés. Et il exerce des fonctions correspondant à celles d'un ministre de la Justice au niveau de l'Etat. Rien d'aberrant dès lors à ce qu'il soit prévenu quand on tente d'attenter aux jours de son épouse. Ni à ce qu'il se trouve là dans son monospace à vitres teintées. Il lui fait signe de l'y rejoindre en même temps que, parfaitement coordonnés, son chauffeur et son agent de sécurité installés à l'avant du véhicule en descendent et les y laissent seuls. Elle se glisse sur la banquette qui lui fait face. L'agente du FBI referme alors la portière. Michael lui demande si ça va. Elle le rassure. Et voilà. Coincée. A présent que le danger est écarté, ça fait chier, mais elle est obligée de le laisser parler, en bonne épouse de procureur général pas encore divorcée. Mais, oui, putain, ça la gave, après ce qu'elle vient de subir, devoir en prime se tarter ce qui va forcément ressembler à une leçon de morale.

Il dit, "Quand on s'est séparés, tu m'avais expliqué que mon entrée en politique avait accéléré notre éloignement. J'observe toutefois que mon titre d'*Attorney General* n'a pas que des inconvénients".

Elle dit, "Ah oui ? Comment ça ?"

"Le taré qui t'a attaquée faisait partie des Incels."

"Les quoi ?"

"*Involuntary celibates.*"

“Célibataires involontaires” ? Elle a une mimique d’incompréhension.

“Des hommes qui n’arrivent pas à choper, si tu préfères. Souvent des types en situation précaire, peu diplômés, sous-qualifiés, que le chômage n’aide pas à séduire. Cela dit, on en croise aussi dans les couches socioculturelles supérieures, des gars insérés, épanouis professionnellement. Ton agresseur relève d’ailleurs de cette catégorie.”

“Et donc ?”

“Leur ‘révolution incel’, c’est une révolte des ‘mâles bêta’, par opposition aux ‘alpha’, qui plaisent aux femmes et profitent de l’existence. Chez les Incels, à l’inverse, certains atteignent la trentaine ou la quarantaine en étant toujours puceaux. Ça leur monte au cerveau. Ils deviennent zinzins, ils se montent le bourrichon sur Internet, sur des forums où ils partagent leurs projets de vengeance.”

“Ils veulent se venger de quoi ?”

“Des femmes. Qui, en se refusant à eux, les ‘privent’ du sexe auquel ils estiment avoir droit. Du coup, ils se consolent de leur abstinence forcée en imaginant le viol de celles qui les repoussent.”

En l’entendant, elle fait le rapprochement avec un article qu’elle a lu sur le “crime d’honneur” au Pakistan : quand une fille refuse d’épouser un type, il lui vitriole le visage pour la punir et “laver son honneur” à lui. Elle garde l'analogie pour elle. Son ex-mari est en train de dire :

"Ils ont comme ça des sites de photos et vidéos de femmes violées et brutalisées. Sur le dark web, évidemment, mais d'autres totalement au grand jour. Le problème c'est qu'à force de fantasmer des viols ou des meurtres en ligne, de temps en temps, t'en as un qui passe à l'acte. Ça te dit quelque chose Elliot Rodger ?"

Elle fait la moue pour indiquer que non.

"En 2014, il a déboulé sur un campus et tiré dans le tas à l'arme automatique, tuant six étudiants avant de se suicider. Il avait laissé un testament vidéo sur YouTube pour expliquer qu'il allait massacrer autant de femmes qu'il pourrait, pour les punir de lui avoir infligé sa 'famine sexuelle'. Depuis c'est le 'hERo' des Incels, écrit avec des majuscules aux lettres qui correspondent à ses initiales."

Elle reconnaît cette façon qu'il a de faire les guillemets avec ses doigts. Un tic qui l'énervait déjà quand ils vivaient ensemble.

"Son nom est même devenu un verbe : *to go ER* ou *go Elliot* ou *go Rodger*, ça signifie suivre son exemple et tuer autant de femmes que possible. Le pire, c'est qu'il s'en trouve pour le faire. 2015, Roseburg, Oregon : neuf morts à l'arme automatique. 2018, Toronto : un gars fonce dans la foule avec sa camionnette. Dix morts. Sur les forums il s'est trouvé des mecs pour dire qu'il aurait dû en violer ou vitrioler quelques-unes avant."

Elle dit, “C’est bon. Je crois que j’ai compris”.

“Pardon, mais c’est pour que tu mesures bien. Ils sont tarés, mais il faut les prendre au sérieux. Sur les forums on peut lire que les ‘ER’, les tueurs de femmes, devraient aller se former dans les camps de Daech pour apprendre à ‘buter un max de salopes d’un seul coup’. En fait, c’est une organisation terroriste implantée sur le sol américain. Tu ne seras pas surprise d’apprendre que nos suprématistes mâles se recoupent beaucoup avec les néo-nazis ou le Ku Klux Klan. A ceci près que la rhétorique des forums gynophobes est *encore plus* violente à l’égard des femmes que celle des groupes racistes sur les minorités.”

Elle a envie de lui dire, “Et donc ? Que fait la police ?” Comme s’il lisait dans ses pensées, il dit : “Ça a pris du temps, mais le FBI s’est quand même décidé à avoir l’œil sur eux. C’est comme ça que ton taré, là…”

Son taré ? Sérieux ? Elle tique, mais laisse pisser. A quoi bon. Tout ce que ça ferait, c’est rallonger la séance. Et là, *man*, laisse tomber – elle est juste, mais alors, *si* fatiguée.

“… s’est retrouvé à attirer l’attention. A force de visiter des sites où les filles sont dégradées, il a commencé à échanger, entre autres, avec un type qui, lui, était déjà dans le collimateur des Feds. Au départ, ils s’en tenaient juste à leur délire habituel de viols et de tortures. Et puis à un moment, pour se faire mousser, ton gars…”

Son gars. Il recommence. Là encore, elle se retient de rectifier.

“… annonce qu’il a une Stacy en vue qu’il va bientôt falloir faire payer.”

“Une quoi ?”

“Une Stacy. C’est comme ça qu’ils appellent les femmes belles et indépendantes qui se refusent à eux. Toi, dans ce cas précis. Alors, déjà, en évoquant une ‘sanction’ contre une Stacy, le mec avait déclenché une alarme. Mais alors, quand il a fait le malin en annonçant que la Stacy en question était femme d’*Attorney General*, là, l’alerte est devenue rouge vif. Son correspondant l’a engueulé d’être si explicite lors d’échanges non cryptés. Mais trop tard. Les Feds ont fouillé dans ses mails et t’ont identifiée. Et se sont mis à surveiller les deux cinglés en permanence.”

“Pourquoi vous ne l’avez pas arrêté à ce moment-là ?”

“Parce qu’il fallait qu’il commette effectivement un délit.”

“Ah oui ? Et si, là, ce soir, au lieu de s’écouter raconter des horreurs, il avait précipité les choses ? Vous l’auriez eu, là, votre ‘délit’. Mais pour moi, ç’aurait été trop tard.”

“De quoi tu parles ? Tout était sous contrôle et les services sont intervenus à temps. La preuve. Donc inutile d’énumérer ce qui aurait pu merder, alors même que tout s’est bien passé. Et bien passé, pardon, j’y reviens, un peu grâce à ma fonction. Toi qui dis toujours que ma carrière t’a gâché l’existence, là, c’est grâce à ma position que tu as pu être protégée de ces malades.”

Qu'attend-il ? Qu'est-elle censée dire ? Merci ? Okay alors. Elle va le dire. Et peut-être auront-ils alors fini ?

"Oui. Merci."

"*You're welcome*. Si je peux rendre service. Bon. Tu ne vas pas pouvoir rester ici cette nuit. Je t'ai booké une chambre *downtown*. Je vais te déposer. Demain, tu pourras rentrer chez toi."

Elle opine, trop fatiguée pour protester.

Il abaisse sa vitre. Chauffeur et garde du corps rappliquent.

Le silence règne pendant le trajet. Quel besoin d'un hôtel du centre-ville ? Un motel plus près de chez elle aurait amplement suffi. Ça doit être pour montrer qu'il peut la loger dans les meilleurs établissements. Ou peut-être est-elle injuste de penser ça. Il croit bien faire, il doit considérer qu'après ce qu'elle a subi, un peu de luxe sera bienvenu.

Devant l'hôtel, il dit, "C'est réglé. Ils me connaissent".

Du coup, avant de descendre, la main sur la poignée, elle lui redit, "Merci pour tout".

"C'est normal. Trop content que tu aies pu échapper à ces tarés. Juste, tu pourras dire à ton ami Nick Nordham qu'il m'en doit une aussi."

L'hébétude où la plonge la phrase qu'elle vient d'entendre doit se lire sur son visage car il sent utile d'ajouter :

"Non, parce que, juste après toi, l'autre malade avait le projet de le supprimer aussi. Soit lui-même, soit en déléguant ça à un des membres de son réseau. Ça, ça n'était pas encore complètement décidé."

Attends. De quoi il parle, là ? Comment ça, supprimer Nick Nordham ?

Elle demande, “Qui voulait supprimer Nick Nordham ?”

“Ben ton gars, là : Harvey Wright.”

Ton gars. Il se délecte de pouvoir dire ça, c’est flagrant. Ton gars. Sous-entendu, tu l’as un peu cherché. Elle laisse courir cette fois encore. Là, les mots sont traités les uns après les autres par son cerveau, comme des nutriments par l’estomac. Elle digère cet afflux d’informations inattendues. Comme sur un Rubik’s Cube, les couleurs s’alignent petit à petit, ou alors des pixels d’une photo numérique qui s’agglomèrent jusqu’à ressembler à quelque chose, mais, juste, elle veut être sûre que cette fois elle a bien compris.

“Attends ? Le psychopathe, chez moi, c’était Harvey ? Harvey Wright ?”

Et au moment où elle pose la question, l’évidence l’aveugle comme un projecteur braqué. Depuis des semaines, l’insoupçonnable Mister Wright, ingénieur informatique, roi de la cybersécurité, se promenait à sa guise et faisait comme chez lui sur son disque dur à elle. Voilà comment il avait pu faire référence à des choses qu'elle n'avait confiées qu'à une seule personne au monde – confiées en partie par écrit. Mike est toujours en train de parler.

"Dans leur jargon, Nordham est considéré comme un Chad."

"Un quoi ?"

"Toi, comme je te disais, tu es une Stacy. Lui, un Chad. Un Chad, c'est un homme qui plaît aux femmes, un type que les Stacys dans ton genre trouvent à leur goût. Les Incels les haïssent presque autant que les femmes qui se refusent à eux. Donc, là, ce Nordham, ils prévoyaient de lui montrer la vidéo de ton supplice avant de lui faire subir quelque chose d'approchant."

"C'est absurde. Pourquoi s'en prendre à—"

"Pourquoi ? A toi de me dire. En lisant vos échanges, il a dû se dire que c'était quelqu'un qui comptait pour toi." Il refait les petits guillemets exaspérants. "*Parfois j'ai l'impression de me découvrir à travers tes yeux.* Je te connais. Pour que tu écrives ça à quelqu'un, c'est qu'il y a un truc, même en intégrant ta propension à minauder."

Elle laisse passer l'insulte et dit, "Tu lis mes mails à présent ?"

"Pas moi. L'autre. Wright. Lui, il les lisait et les archivait. Du coup, ils sont versés à la procédure, comme on dit."

A toute vitesse elle rembobine toutes les informations vraiment intimes qu'elle a pu partager de cette façon, via une messagerie, et qui ont depuis été lues par cet enfoiré de Harvey Wright, par va savoir combien d'agents du FBI et par son ex-mari en prime. Elle éprouve alors un sentiment de violation suffocant. Exactement comme quand le psychopathe, Jason Loudermilk, avait pris le contrôle de ses appareils. Décidément elle n'a pas de chance avec l'informatique. Pas de chance avec les mecs, surtout. Elle se sent souillée. Et en même temps, soulagée de pouvoir innocenter le photographe anglais. C'était atroce, avoir éprouvé tant de choses pour un salaud. Là, le souvenir de ce qu'ils ont vécu lui est rendu – taché par tous les regards étrangers passés sur leur correspondance, mais restitué tout de même. Savoir que d'autres en ont pris connaissance n'invalide pas ce qu'ils ont partagé ; pas comme si elle s'était effectivement éprise d'un monstre tueur de femmes.

Pour sa part, Mike semble ne pas détester l'espèce de latitude illimitée que lui aménage le fait de l'avoir secourue par FBI interposé.

"En même temps, je dois admettre, c'est pas si bête son histoire, à ton gars, là, Nordham. Si ça se trouve, c'est lui qui a raison."

Elle laisse venir, résignée par avance, juste pressée qu'il en finisse.

"Ne pas avoir d'histoire avec toi pour que la 'non-histoire' ait une chance de durer. Des femmes comme toi, c'est peut-être ça le mieux."

Alors, d'abord, ce n'est pas comme ça que les choses se sont passées. Et puis, surtout, pardon, des "*femmes comme elle*" ? Lui aussi, il dit ça ? Mais putain mais qu'est-ce qu'ils ont donc tous avec les "femmes comme elle" ? C'est quoi, nom de Dieu, une "femme comme elle" ? Même lui, alors ? Même le père de sa fille s'y met ? La regarde comme une bête curieuse ? Une garce à corriger. Une sorcière à brûler. Putain, elle fait juste ce qu'elle peut comme elle peut pour profiter de son temps sur Terre du mieux qu'elle peut. Pourquoi donc cela semble-t-il tant les défriser, tous ? Mais ils sont *tous* tarés, ces mecs ? C'est *quoi*, leur problème ?

D'un ton aussi indifférent que possible, elle dit, "Qu'est-ce que tu veux dire par là ?"

"Ce que je veux dire, c'est que tu es la mère de ma fille et sur les quoi ? Treize ans que nous avons passés ensemble ? Quatorze ? Peu importe. Dans le tas, il y en a au moins dix de merveilleux. Mais je crois que dans l'absolu, avec quelqu'un comme toi, c'est ton copain, là, qui a préféré ne pas avoir d'histoire avec toi, qui a raison. C'est le seul moyen de ne pas souffrir et de durer dans ton cœur. Sinon, tu te lasses trop vite."

C'est quoi ce délire ? Déjà, il réécrit complètement l'histoire. Il mélange tout. Il confond tout. Mais surtout, à supposer même, quel rapport, putain ? Quel rapport avec ce qu'elle vient de vivre ? Quel rapport avec ce qui a bien failli lui arriver ce soir ? Son ex-mari est fou. Ils sont tous fous. Ça s'arrête quand, le cirque, bon sang !

Elle le laisse dire encore deux trois trucs auxquels elle préfère ne pas répondre. Puis elle descend, referme la portière et marche vers l'entrée de l'hôtel sans se retourner.

Sauf que bon, les jours qui suivent, oublie, c'est juste la folie. La folie furieuse. A défaut de lui avoir ôté la vie, Harvey Wright et son copain pourront se vanter de lui avoir sacrément pourri la *life* !

Les efforts de son futur ex-mari pour entourer de secret l'agression dont elle a été victime sont voués à l'échec. Des voisins ont filmé au portable et mis en ligne l'agglutinement de véhicules de police et l'agitation dans sa rue après l'intervention. Des équipes télé n'ont pas tardé à rappliquer aussi près que possible du 82 Blueberry Lane – a fortiori dès qu'il s'est su qu'il s'agissait de l'adresse privée de l'actuel procureur général de l'Etat. SMS, messages vocaux, appels réitérés, dès le lendemain matin, les journalistes ne la lâchent plus. Des camionnettes aux couleurs des chaînes locales d'Albuquerque ou Santa Fe stationnent devant le musée, et cette fois, l'exaspérante Joy-Megan Todesco d'*Eyewitness News4 at 6* sur KOB4 NBC Albuquerque n'est pas là pour demander combien de boîtes de peinture à l'eau la fondation John Giraud et le musée distribuent aux enfants démunis des réserves navajo.

Il faut faire le dos rond et maintenir un mutisme de pierre tombale jusqu'à ce qu'un autre bout de viande n'ameute les piranhas. Reste qu'en attendant, à vivre, c'est du dernier pénible.

Oui car, les journalistes, encore, elle peut leur battre froid. Les enquêteurs, c'est tout de suite plus difficile. Or leurs questions prennent vite un tour offensant.

"Et lors de votre séjour au bord du golfe du Mexique, vous avez entamé une relation ? Une relation *intime* ? Vous avez eu des rapports sexuels ? Vous lui avez fait miroiter la *possibilité* de rapports sexuels ? Non. D'accord. Et plus tard, quand vous l'avez retrouvé à un concert de Bruce Springsteen ?"

"Non, justement. Chaque fois, quelque chose a empêché."

"Vous voulez dire, chaque fois, à la dernière minute, vous vous êtes dérobée."

Elle se plaint de leur ton à Mike.

Il lui répond qu'ils font juste leur boulot. "Et dis-toi que l'avocat des deux tarés, ce sera pire. Il pourra dire que lors du week-end au bord du Golfe avec Machin, tu l'auras allumé. Que tu auras joué avec ses nerfs. Que tu auras fait preuve de coquetterie et de perversité. Que tu te seras amusée avec le pauvre malheureux, cruellement, pour flatter ton ego, que tu l'auras poussé à bout. Je ne te dis pas que c'est le cas, je te dis que c'est ce à quoi tu dois te préparer au procès. C'est bien pour ça qu'il ne faut pas qu'il y en ait un. Il va déjà se raconter bien assez de conneries comme ça, même avec une négociation de peine."

Mike défavorable à la tenue d'un procès, donc, farouche partisan d'une *plea bargain*. Ayant peut-être raison, in fine. Qui de mieux placé qu'un ministre de la Justice, même régional, pour savoir qu'un mauvais arrangement vaut mieux qu'un bon procès ? Dommage alors qu'il se croie tenu d'être blessant au passage.

"Quoi ? Mais certainement pas. Hors de question qu'il—"

"Pardon. Je te coupe. Mais c'est juste pour gagner du temps. Ecoute-moi attentivement. Ce qui est *hors de question* c'est qu'il y ait un procès. Toi, tu as peut-être envie d'avoir tes coucheries étalées sur la place publique. Mais moi, tu me pardonneras, je préfère ne pas être éclaboussé par le détail de tes frasques."

"Putain je rêve. Je rêve. Pour protéger ta réputation de procureur, ce taré va écoper d'une peine plus légère ?"

"C'est une façon de voir. L'autre façon, c'est de dire que *grâce à* ma position de procureur général, ce taré est devenu une priorité et a pu être neutralisé à temps. *Grâce à*, tu comprends ce que je te dis ? Grâce à !"

Heureux de ressasser cet argument, décidément.

Mike, par ailleurs, pouvant bien raconter ce qu'il veut. La décision en la matière ne lui appartient pas. Dès lors qu'ils s'affilient à un mouvement étiqueté comme terroriste, les crimes planifiés par les deux tarés deviennent "fédéraux". C'est alors le *US Attorney*, représentant local du *Department of Justice*, qui se retrouve compétent. Mais la complémentarité théorique des instances judiciaires locales et fédérales n'échappe pas ponctuellement à des emballements compétitifs. Ici, l'embarras subséquent de son homologue régional ne dissuaderait pas forcément le représentant de Washington de donner du retentissement au dossier.

"S'il veut se faire mousser en battant l'angle Incel en neige, tes conneries vont se retrouver déballées à longueur de JT. Heureusement, il a besoin de mon concours pour ficeler un gros *bust* antidrogue à la frontière qu'il fignole depuis des mois, donc ça devrait le calmer. Il faut espérer, en tout cas. On sera vite fixés."

On en est là.

Sinon, pardon, ce n'est pas elle qui est "parano". Ce sont les gens qui sont comme ça : égaux à eux-mêmes. Elle décode les regards. Elle devine les ragots. Les uns comme les autres sont inévitables, elle l'admet volontiers et s'efforce de ne pas trop le prendre perso. Mettre ça "en perspective". Le voir de haut, de loin. Faire "comme si de rien n'était". Et comme de juste échoue. Sent et ressent au contraire tout. "Sent" ou surinterprète, peu importe, l'inconfort éprouvé est le même. Entend ou suppute tout. Sait sans y être ce qui se dit derrière son dos. Quand en façade le front d'empathie est bien sûr unanime. Les mêmes qui "oh ma pauvre, quelle horreur, ça va, tu te remets, etc"... Les Jolly-Jean Baker, les Lou-Ann Dodson. "Ma pauvre chérie, comme tu as dû avoir peur." Grimaces catastrophées. *Hugs* appuyés qui n'en finissent plus. Effusions excessives. Obligée d'endurer. Stephanie-Lou inquiète : "Si tu as besoin de prendre quelques jours... Non ? Oui, tu as raison, travailler t'aidera à penser à autre chose. Ça, vraiment, personne n'est mieux placé que toi pour dire. C'est comme tu veux. Et surtout, quoi que ce soit – *quoi que ce soit*, tu m'entends ? Tu sais que je suis là." Si je le sais, Stephanie-Lou ? Oh, Dieu, Stephanie-Lou, comment pourrais-je seulement l'oublier. Ça, pas de doute, compte tenu de la circonstance, tu seras là plus que jamais, avide, alertée, et dès lors en mesure de dire ensuite en préambule des récits que tu en feras "je l'ai encore vue ce matin". Et alors d'enchaîner avec ton avis autorisé de "proche" admise dans le cockpit. Stephanie-Lou. Jolly-Jean. Lou-Ann Dodson. Toutes sont d'accord sans avoir eu besoin de se concerter. L'idée, c'est qu'il n'y a pas de fumée sans feu. On peut raconter ce qu'on veut, vous ne leur ôterez pas de l'idée. Ces choses-là n'arrivent pas par hasard ni à n'importe qui. Quelque part, on a beau dire, elle l'a un peu cherché. Tôt ou tard, ça devait arriver. La vie qu'elle mène. On ne sait trop. *On ne sait trop*, en effet, puisque de sa vie, on ne sait *rien*. Justement. C'est *précisément* ça qui porte à dire que quelque chose est louche. On ne savait *rien*, bien la preuve que ça cachait quelque chose. C'est suspect, à ce point, la discrétion. On s'en doutait et voilà la confirmation. Donc ça, déjà, et sinon, pas besoin d'aller chercher très loin. Qu'à voir comme elle s'habille. Ces jeans. Ces débardeurs. L'âge qu'elle commence à avoir, est-ce encore convenable ? Vraiment approprié ? Bref, c'est de sa faute. La victime attaquée. L'innocente condamnée. *Double jeopardy. Triple threat.* Elle a manqué de se faire violer avec un tesson de bouteille, mais c'est elle qu'on accuse. Elle que les gens rendent responsable. Responsable, parfaitement. Parce que dans la vie, tôt ou tard, tout est une question de choix. Donc c'est un peu facile de venir se plaindre, après. Alors que, pardon, mais quand *vraiment* on ne veut pas que des tarés enfoncent des tessons dedans, juste, on s'arrange pour ne pas avoir de vagin et puis c'est tout. Pourtant pas compliqué. Que chacun y mette du sien parce que sinon, c'est pas possible, on ne va jamais y arriver.

Donc, les enquêteurs. Les braves gens. Et puis, cerise sur le gâteau, “Judy”. Judy redevenue Torefario, mais encore récemment Judy Wright, épouse d’Harvey. Lequel, donc, apparaît-il, n’est pas le moins du monde veuf, mais juste séparé, depuis que sa femme – Judy – l’a chopé à mater des horreurs sur des sites pour Incels.

La fille lui raconte ça quand elle l’appelle au musée, expliquant qu’elle “doit la voir absolument à cause d’un truc qu’elle doit lui dire”, mais qu’elle “ne veut pas faire ça au téléphone”. Elle, en fait, sur le moment, prise de court, ne sachant comment dire non, regrettant aussitôt après, évidemment, mais trop tard, et du coup les voilà, attablées dans ce bar sur Old Mission Road, chacune un verre de chardonnay. Aucune envie d’être là, mais l’idée que comme ça ce serait fait et voilà : Judy ex-Wright en train de dire, “Je le crois pas que cet enfoiré t’a fait croire que j’étais morte. C’est le pompon, ça, quand même. C’était quoi l’intérêt ?”

Elle-même ne sait pas trop, mais la circonstance est déjà assez zarb comme ça. Garder le silence ajouterait au malaise. Elle improvise un truc : “Pour attendrir, peut-être. Le mec séparé, tu te dis, il y a sûrement une raison si sa femme s’est barrée. Que veuf, pauvre chou, tu le plains. Surtout s’il reste seul à élever un gamin. Là, il m’avait dit de ne pas faire attention si son fils – votre fils, pardon – parlait de sa mère comme si elle était encore vivante, que la pédopsychiatre avait recommandé pour l’instant de faire comme si, de ne surtout pas le contredire.”

“Quel connard. Non mais putain, quel *connard*.”

“Je ne vois pas jusqu’où il pensait aller avec ce bobard. Si ça avait collé entre nous, tôt ou tard, il aurait bien été forcé de me dire que tu étais toujours de ce monde. Il devait avoir une justification en réserve.”

La fille dit, “Si ça se trouve, même pas. Au point de folie qu’il a atteint. Tu ne peux pas te douter. Je te jure, certains des trucs qu’il allait voir en ligne, t’as les yeux qui saignent. Tu te dis, comment c’est possible. Ces mecs-là ont eu une mère, forcément. Parfois une sœur, ou des filles. Comment ils peuvent écrire des trucs comme ‘parfois je m’imagine une salope qui me supplie de l’épargner pendant que je la démembre’. Ou celui qui raconte qu’il aimerait ‘frapper une jolie salope au visage avec une bouteille jusqu’à ce que le verre casse, puis lui planter le tesson dans le vagin jusqu’à ce qu’elle verse ses tripes’. Et là, tu vois les réponses que ton mec, le père de ton fils, envoie à ces tarés : 'Grave !' 'Super !' 'Carrément'. Des smileys enthousiastes. Tu le confrontes et tu lui dis, sérieux ? '*Super*' ? '*Carrément*' ? Un mec qui veut violer une fille avec un tesson de bouteille parce qu'elle s'est refusée à lui ?"

Pourquoi elle s'impose ça ? Ecouter cette idiote assez conne pour se faire faire un môme par un monstre déblatérer des horreurs qui lui font revivre son agression. Elle pourrait se lever et juste partir, la laisser continuer toute seule. Pendant qu'elle hésite, l'autre a le temps de dire :

"Sauf qu'alors là, en face, un mur. Pas un mot. Ou des conneries du genre, 'C'est un jardin secret. Une part d'ombre. Jamais je ne passerais à l'acte, tu sais bien'. Non je ne sais rien. Je ne sais plus. Et excuse-moi, encore heureux que tu ne passes pas à l'acte. Sans compter que, pardon : la preuve que si. Il est passé à l'acte ce taré. Ou plutôt il allait."

Et là, la fille partie à dire qu'elle s'en veut. "Mon fils m'avait parlé d'une dame très gentille avec lui pendant le week-end au bord de la mer avec son père. J'ai demandé comment s'appelait la "gentille dame". Il m'a dit Esperanza. Ce n'est pas si commun comme prénom. Et puis je me suis souvenue que tu faisais partie des comptes twitter auxquels il s'abonnait sous un faux nom les derniers temps qu'on a été ensemble. Je me suis dit qu'il fallait que je t'alerte. Mais j'ai tardé. Je ne pensais pas que c'était à deux jours près. La preuve que si. En mettant fin à vos échanges, tu as déclenché le compte à rebours. Si tu te refuses à l'un d'entre eux, tu leur déclares la guerre à tous. Ils considèrent que toi, ton corps, ils y ont droit. De quel droit ils y ont droit ? Cherche pas. C'est comme ça. Ils sont laids, ils sont cons, ils sont gros, ils sont chauves, ils ont un micropénis et des fantasmes glauques, mais les femmes n'ont pas fini de le payer. Ils le disent clairement : sur leurs sites, tu lis 'les filles, si je ne peux pas vous avoir, je vous détruirai'. Ou bien 'les filles devraient être esclaves du viol. Les femmes ne devraient pas avoir de droits'."

Histoire de ne pas rester juste là à écouter sans rien dire, elle ressort l'analogie qui lui était venue et qu'elle n'avait pas pu caser avec son ex-mari. "On parle toujours de gamines vitriolées au Pakistan par un type qu'elles refusent d'épouser. Mais là, c'est la même chose, en fait."

L'autre, Judy, est d'accord. L'air même enchantée d'entendre ça. "Mais complètement. *Complètement.* Comme quoi, tu regardes, c'est pas juste une religion ou une culture plutôt qu'une autre. Hélas, d'ailleurs. Ce serait plus simple comme ça. Si c'était ça, ça serait juste comme t'as dit, au Pakistan, ou je sais pas où, l'Afghanistan, que t'aurais ces trucs-là. Or sur ces sites, les mecs, ils sont pas au Pakistan. Donc au départ, le problème, c'est pas la religion. Le problème, c'est que *c'est des mecs.* C'est *d'être des mecs* qui les rend barges comme ça. La religion, ça vient après, c'est pour habiller le truc, se trouver des excuses. Mais haïr les bonnes femmes, dire qu'ils peuvent s'en servir comme ils veulent, ça, ce délire-là, tu le retrouves partout. Afrique, Asie, Europe, ici. La preuve. Et toi, après, tu descends dans la rue, tous les mecs que tu croises, tu te dis, putain, ça se trouve, lui aussi, c'en est un. Il pense ça. Il veut ça. Il serait capable de ça. Tu deviens dingue, du coup. Tu peux plus voir un mec sans te faire un *bad trip*. C'est plus une vie."

Là, vraiment, ça suffit. Elles se sont vraiment tout dit. Elle ramasse son portable sur la table et le fourre dans sa poche. Mais juste quand elle va dire au revoir et se lever, l'autre la coupe et dit : "Donc voilà. Je voulais te remercier."

"Me remercier..."

"Oui. Suite à l'arrestation, là, c'est bon, c'est plié, l'avocat peut raconter ce qu'il veut, le juge a revu sa copie, j'ai la garde exclusive. Après, avec l'incarcération, c'est sûr que ça va être dur pour toucher la pension. Mais tant pis. A tout prendre, je préfère. Juste ne plus l'avoir à rentrer de la merde dans la tête de mon fils. Donc voilà. Que tu saches que ce qui t'est arrivé a servi à quelque chose."

Sérieux. La fille voulait la voir pour lui dire *ça*.

Elle dit, "Okay. Super. Pour la peine, je te laisse m'inviter ? Je vais y aller, là". Elle se lève et s'en va, sans avoir bu ne serait-ce qu'une gorgée du verre de chardonnay.

Pendant toute cette période, les jours et puis semaines qui suivent son agression, elle met, pour plein de raisons, sa "vie secrète" en pause. Disparaît des réseaux sociaux, désactive quelques messageries. Laisse s'empiler sans écouter, lire ou répondre les innombrables messages d'amis-amants plus ou moins réguliers ou récents, certains, pourtant, sûrement sincères, inquiets de son état ou anxieux de la réconforter. Qu'il s'agisse de silence ou des sens, ces abstinences ne lui coûtent guère. Après ce qui a failli se passer et jusqu'à nouvel ordre, elle n'est, comme on dit, "pas d'humeur à ça". Cela tombe on ne peut mieux, car il est par ailleurs préférable pour quelque temps encore de ne rien dire ou faire susceptible d'attenter à sa réputation.

Pour parler crûment, la hantise de Mike et de son avocat, c'est que l'un de ses plans cul, *one shot* sans suite ou "occasionnel récurrent", ne décide de se rendre intéressant en contactant la presse ou la défense des deux tarés pour raconter, par le menu et d'expérience, ce qu'aime la femme de l'*Attorney General*.

Dieu merci, rien de tel ne se produit. Silence radio total. Aucun ex-camarade de sexe n'entreprend de monnayer ses souvenirs. De l'intérêt de préférer l'homme marié. Pour ses propres motifs, le conjoint buissonnier n'a pas plus envie qu'elle de briser l'incognito.

Exception notable, toutefois, Jason Loudermilk, célibataire par ailleurs détenteur de fichiers, plus compromettants que jamais à présent et assortis soudain d'une rondelette valeur marchande, l'idée dût-elle le visiter de les proposer à des organes de presse, ou pire encore, aux avocats des deux Incels. On voit mal pour le coup ce qui l'en dissuaderait, la capacité de représailles de Son Excellence le Procureur général se trouvant annulée par le scandale provoqué. On ne saura jamais. Arrangeant, pour la première et dernière fois de sa courte existence, le psychopathe décède, carbonisé dans l'incendie du mobil-home où il vivait avec sa mère jusqu'à ce que l'Alzheimer ne requière un placement. Arrivés trop tard pour maîtriser des flammes avivées selon eux par un accélérant, les pompiers en sont réduits à certifier l'origine criminelle de l'incendie. Des moteurs de Harley ayant retenti dans la nuit juste avant l'embrasement, on soupçonne "des bikers". Après tout, pourquoi pas ? Encore faut-il savoir lesquels. L'enquête promet d'être molle. En tout cas, le téléphone et l'ordinateur du défunt caramélisent irrémédiablement dans la fournaise. Honte sur elle qui, apprenant la nouvelle, ne peut réprimer, entrelacé à son chagrin sincère, un scélérat soupir de soulagement. Celui-là ne l'embêtera plus, ses petits films enfin perdus. Tout de même : merci pour les orgasmes jaillissants et repos éternel à ton âme tourmentée, ô beau bad boy parti trop tôt – trop tôt et en même temps, ouf, putain, juste à temps.

S'étirent ainsi des jours et semaines de repli dans sa coquille, à attendre que les autres se lassent, passent à autre chose. La presse, Dieu merci, trouve vite mieux. Bernalillo County : la jeune Torshikia Bridges tue par balles un homme qui a insulté son petit ami, tandis qu'on déplore ce que la presse va aussitôt appeler le "massacre de Rio Rancho". La mère, le père et les deux fils retrouvés morts, les enquêteurs de l'Albuquerque Police Department vite convaincus que la mère a exécuté tout le monde avant de se suicider. Dieu bénisse ces deux femmes. Les demandes d'interviews cessent. Les camionnettes des chaînes de télévision s'en vont stationner ailleurs.

La presse, donc, l'oublie vite. C'est le tissu social – professionnel et "amical" – qui tarde à enchaîner. Peut-être le regard porté sur elle *avant* était-il déjà celui qu'elle sent à présent – jugeur, insidieux, comparatif –, mais au cas où, c'était feutré, faux-derche. Là, ça s'exprime. On ne se gêne plus. Mais c'est elle qui a libéré le jeu, aussi, avec son agression. Sa photo dans le journal et son nom au JT ont mis tout le monde à l'aise. C'est normal. Ça n'est plus du ragot, subitement, de "se poser des questions" ; c'est de l'information. Sans doute n'y aura-t-il pas de procès pour les deux tarés. Elle, en revanche, c'est désormais chaque jour qu'elle a la sensation de passer en jugement. Tout le temps, partout, avec tout le monde. N'importe qui s'estimant compétent, habilité à. Si elle n'est pas contente, qu'elle s'en prenne à elle-même. Ça veut faire des rencontres, ça ne peut pas ensuite venir se plaindre si les choses partent en couille. Ça fait partie du deal. Tu restes sagement chez toi, il ne t'arrive rien. Personne ne l'a forcée à accepter l'invitation de cet informaticien. C'est simple : soit elle refusait tout. Ou alors, si elle allait au concert ou au bord de la mer, elle couchait. Alors que là, elle n'a pas joué le jeu. Bref, a sa part de torts. Elle a fait sa coquette et après ce sont les hommes qui trinquent. C'est un peu facile. Les choses sont toujours plus compliquées qu'on ne croit. On ne sait jamais tout. Et d'elle, je m'excuse, il y a beaucoup de choses qu'on ignore. Donc peut-être rester prudent, voyez ? Ne pas la plaindre trop vite. Pas totalement invraisemblable qu'elle ne soit pas toute blanche, non plus, dans cette affaire.

Et ainsi de suite.

Partout. Tout le temps. Tout le monde. Chacun avec ses mots.

Et puis ça tombe. Compte tenu de l'"historique relationnel" arguable entre la victime et l'un des accusés, le procureur fédéral ne prend pas le risque de voir la qualification de crime terroriste se faire pulvériser à l'audience. Or seul l'élargissement à la gynophobie criminelle organisée justifiait son implication directe. Sans rattachement au mouvement Incel, il s'agit juste de prédation sexuelle individuelle et ordinaire. Fretin trop menu pour un magistrat de sa stature. Ses services et les avocats des prévenus parviennent donc à un compromis. Levée des chefs d'accusation terroristes qui alourdissaient la note, charges minorées, peines réduites à l'avenant, mais en échange, le secret absolu sur l'affaire. Toute divulgation, publique ou privée, du moindre élément annulerait l'accord. Les prévenus et leurs conseils se le tiennent pour dit, du moins pour l'instant. Restent la violation de domicile et la tentative d'assassinat. Harvey Wright va malgré tout porter du orange quelque temps. Mais pour le coup, faute d'Incels et de *US Attorney* qui ouvre un large bec, les médias se désintéressent de cette peine négociée. Aucun ne s'en fait l'écho.

C'est fini. Ça y est. Trois mois plus tard, tout le monde a enfin tourné la page.

La voilà en principe délivrée, rendue à une vie censément normale.

Quelle meilleure façon donc de le vérifier que d'aller dans un mois représenter le Centre au *High Prairie Peace Art Show* de Camp Bouvier, Colorado ? Elle a hâte d'y être, soudain.

Comme son nom le laisse entendre, le *High Prairie Peace Art Show* de Camp Bouvier, Colorado, se tient au cul du monde, au milieu de nulle part, au fin fond, jaunasse en cette saison, de la prairie Comanche au sud-est de l'Etat, dans les baraquements d'un terrain militaire désaffecté mué, un peu à la manière de Marfa au Texas, en communauté d'artistes pluridisciplinaires qui vivent, créent, exposent et, donc, organisent des "événements".

Pour s'y rendre, hormis par les airs, un interminable trait de macadam à deux voies constitue la seule option. La route est longue et droite, droite à n'en plus finir, sans le moindre virage pendant des kilomètres, et le paysage, monochrome, continu, invariable, assoupit le conducteur. Ça va faire au bas mot trente minutes qu'elle n'a plus croisé le moindre véhicule.

Là-bas, devant, au loin, au très lointain, même, les massifs et sommets qui dentellent l'horizon restent si éloignés, semblent si inaccessibles, qu'on croit faire du surplace. Comme quoi, parfois, le trait au cordeau ne fait pas l'effet d'être le chemin le plus court.

En revanche, comme quoi, parfois, l'hypothèse la plus paresseuse est la bonne. La crémation du psychopathe se révèle bien être l'œuvre de "bikers", en l'occurrence membres d'un gang de motards apaches venus exprès d'Arizona, chargés par Joe L. Dicker de "faire pression" sur Jason Loudermilk. Sa mort toutefois est un accident. Les incendiaires ignoraient qu'il se trouvait dans le préfabriqué quand ils y mirent le feu. A l'intérieur, le leader de Dark Triad cuvait une cuite si sévère qu'il n'avait pas bronché quand les Apaches, pyromanes méthodiques, avaient pourtant frappé pour s'assurer que le bungalow était vide. Bref, mort bête par homicide malencontreux. Pauvre bad boy.

Joe l'Indien, lui, pendant quelques années, peinturlurera ses atrocités à l'atelier beaux-arts du pénitencier de Santa Fe. Il ne manquerait plus qu'il sympathise avec Harvey Wright et son ami Jeffrey.

La sono de bord crachote. Son téléphone peine soudain à capter la playlist choisie. Elle entre dans une zone où elle perd le réseau.

Mais bon. Si on va par là, même en restant chez elle, ces jours-ci, elle n'a plus trop de réseau.

Pour le dire simplement, elle peine à redémarrer la machine. Pas tant au musée, où tout va pour le mieux, avec une Stephanie-Lou tout miel et profil bas depuis l'arrestation de son cher Chiricahua. Non, c'est en dehors, "au niveau vie perso", comme dit Leslie, que ça rame. Pas non plus s'étonner. L'épisode Harvey Wright allait forcément chambouler des choses.

Déjà, son divorce avec Mike, soudain accéléré. L'affaire a donné à leur "arrangement" une publicité esquivée jusque-là. Pourquoi traîner, du coup. Elle sait que cette clarification, libératrice à certains égards, charriera son lot d'effets pervers. L'agression avait déjà altéré l'opinion qu'on pouvait avoir d'elle. La séparation officialisée va achever de corriger le regard. Elle pestait, et en toute sincérité, contre les simagrées associées à la fonction de Mike, mais, là, cesse d'être l'épouse du ministre de la Justice de l'Etat – qui sait ? Peut-être du futur gouverneur ? Devient simple divorcée de quarante-six ans. Une quadra séparée comme tant d'autres, anonyme, pour plein de gens. Et pour d'autres, malgré tout, entachée de scandale, mêlée à une histoire dont le public estime n'avoir pas eu le fin mot. Dans un cas comme dans l'autre, le statut sera nouveau. Il faudra s'habituer.

En attendant, paradoxe de cette disponibilité formellement rendue, elle n'en fait rien. Elle fait le point. Elle réfléchit. Et pendant ce temps, ne voit pas d'hommes. Ceux qui ont eu de l'importance jusqu'ici dans sa vie la font penser au groupe Village People, en fait, tant chacun se réduit à une sorte d'archétype.

Elle a eu comme ça son mari, le chasseur-cueilleur *provider*, le leader-géniteur. Protéger et pourvoir. Oui, c'est très bien. Toute cette stabilité. Ces repères fiables. Sécures. Juste que bon, tôt ou tard, on s'emmerde.

Plusieurs *toy boys* plus ou moins bad, au fil des ans, ribambelle canaille dont feu Jason Loudermilk aura incontestablement constitué le fleuron. Sauf que bon, le bad boy, même si on est cycliquement tenté d'y revenir, on a bien vu : ça ne marche pas au jour le jour, ni trop sur la longueur.

Le *nice guy*. Les *nice guys*, d'instinct, elle avait toute sa vie plutôt essayé d'éviter, barbée par avance, et puis là, s'était finalement résignée. Là aussi, on a vu le brillant résultat. *Guys aren't supposed to be nice.* Par défaut, au naturel, en principe, *normalement*, les mecs ne sont pas "gentils". Et s'ils le sont, c'est louche. "Gentil", *Mr Nice Guy* l'était trop pour être honnête. Non, le gentil mec, non seulement tu t'ennuies, mais en plus, possiblement, il est dangereux en prime.

Quant à l'amour courtois, le romantisme chaste de la *father figure*, pareil, ça va un temps. Le rapport sublimé. L'adultère *light*. Sans sexe, sucre ni caféine. Il est gentil, l'Anglais, avec son platonisme paternaliste, mais ça ne rime à rien. A terme, c'est ni-ni. Ça ne va nulle part. Zou. Du balai.

Tel qu'en lui-même, donc, aucun ne convient vraiment.

A force, même quand ce n'est pas le grand amour qu'on cherche, tout de même, ça décourage.

Et puis bon, depuis la fameuse nuit, toujours un peu l'appréhension, tomber sur un malade, un Incel camouflé, décidé à venger ses copains. Ça tarit un chouïa le geyser, ce genre d'angoisse, on a beau dire.

Tant et si bien que, depuis, dans ce registre, l'activité n'a pas été très frénétique. Calme plat, même, plutôt, on dira.

Et donc c'est là que le moteur de sa voiture interrompt ses cogitations, en cessant tout à coup de faire du bruit.

Non ? Tu le crois, ça, que sa bagnole lui refait un coup de pute ? Mais si ! Sérieux ! Sa voiture vient de retomber en rideau, pareil que l'autre fois, l'embrayage.

Et comme la fois précédente, pile-poil au pire moment.

Pas n'importe où non plus. Beau milieu des hautes plaines. Ben oui. Tant qu'à faire.

Peu de voitures y roulent, mais il suffira d'une. A l'ouest du Sud et au sud du Grand Ouest, les bonnes manières stipulent qu'on s'arrête si quelqu'un est en rade. La preuve, là, en la voyant debout près de sa Honda au milieu de nulle part, un pick-up truck vient de ralentir et de se ranger au bord de la route quelques mètres devant elle. La grande inconnue, dans ces cas-là, quand on est une femme seule en détresse mécanique, c'est la santé mentale du bon Samaritain qui propose ses services.

Sauf qu'en l'occurrence, le hasard fait presque bien les choses. Si elle n'a pas rêvé et a bien reconnu sa trombine à travers le pare-brise, le type qui vient de garer sur le côté un Mitsubishi assez âgé pour avoir connu le premier mandat de Barack Obama n'est autre que l'artiste éclabousseur membre du *Old John Giraud Art Center*: Dave Davidson, le pilote d'hélico acharné à "channeler" les fonds de pots de Jason Pollock.

Opportune, sa présence sur cette route n'a pour autant rien de miraculeux. Lui aussi, tout bêtement, il se rend dans ce casernement ressuscité où va se tenir le festival. Et même si le contentement de soi qu'elle a pu observer chez lui l'a jusqu'ici plutôt rebutée, au moins peut-elle espérer, sur la foi de ses passes d'armes avec le sinistre Injun Joe, qu'il ne va pas profiter de l'aubaine pour la violer et torturer à mort. Au pire l'assommera-t-il avec des assertions.

Il a parqué son truck sur le bas-côté quelques mètres devant la Honda, mais sans descendre du véhicule. Monsieur attend visiblement qu'elle vienne à lui. *Seriously? Seriously.* Après, qu'est-ce que tu veux faire? Les mendiants n'ont pas loisir de chipoter, dit le proverbe. Elle soupire, lève les yeux au ciel et marche vers le truck. La voilà à hauteur de la portière. Il a la vitre baissée. Au moins lui épargne-t-il pour l'instant l'air goguenard et faraud qu'il prend aux réunions et c'est presque d'un ton normal qu'il lui demande si ça va.

Elle dit, "A priori, c'est l'embrayage. Il m'a déjà fait le coup".

Il n'a même pas coupé le contact. Le moteur ronronne. Son autoradio diffuse à bas volume *Take It To the Limit* repris par Willie Nelson en duo avec Waylon Jennings.

Il dit, "J'imagine que vous avez la même destination que moi".

Elle dit, "Donnez-moi une seconde".

En marchant vers la Honda, mentalement, elle voit le photographe, appuyé au capot, les pouces rentrés dans le jean au niveau de la ceinture, une expression amusée sur la figure. Mentalement, elle croise son regard, le voit qui lui sourit. Mentalement, elle lui sourit en retour. Mentalement, elle le voit qui sort son pouce droit de son jean, lève la main et la salue en faisant partir deux doigts de sa tempe comme dans les films et puis, pop ! disparaît.

Il n'est donc plus là quand elle arrive à sa voiture, mais elle a compris l'idée. Aucun véhicule en vue, dans un sens ou dans l'autre. Le soleil tape. Elle entend le vent sans vraiment le sentir. Et sinon, le moteur du pick-up en sourdine et le timbre de Willie sur le truc des Eagles. *Put me on a highway / Show me a sign…*

Elle attrape son petit sac à dos sur le siège à l'avant et le glisse en bandoulière sur son épaule, puis va chercher son sac de voyage dans le coffre et verrouille la Honda. Puis repart en direction du pick-up, le longeant du côté passager cette fois. Elle jette son sac de voyage à l'arrière, dans la benne, à côté d'un gros sac de toile kaki qui doit être son bagage à lui.

... to the limit / One more time.

Lecteur.rice, elle ouvre la portière et grimpe dans le Mitsubishi fatigué du pilote d'hélicoptère.

Another vice, another call.

Etc.

« Are There Anymore Real Cowboys », Willie Nelson et Neil Young, in *Half Nelson*, Columbia, 1985.

« Raise Hell, Drink Beer », Eleven Hundred Springs, in *Welcome to Eleven Hundred Springs*, Kirtland Records, 2010.

« Good Time », Alan Jackson, paroles de Norman Washington Jackson, Wycliffe Johnson and Cleveland Constantine Browne, in *Good Time*, produit par Keith Stegall, Arista Nashville, Sony Music Entertainment, 2008.

« You're the Reason God Made Oklahoma », Shelly West et David Frizzell, parole de Larry Collins, Boudleaux Bryant, Felice Bryant et Sandy Pinkard, in *Carryin' On The Family Names*, Warner Bros Records,1981.

« I Miss You Most When You're Right Here », Sammi Smith, paroles de John Virgin, in *The Best Of Sammi Smith*, Varese Sarabande Records, 1996.

« Your Body's Here With Me », Dorothy Moore, in *Feel the Love*, Malaco Records, 1990.

« Hottest Thing in Town », Billy Joe Shaver, in *Tramp on Your Street*, Zoo Entertainment, 1993.

« Something About What Happens When We Talk », *Lucinda Williams, in Lucinda Williams (Deluxe Edition)*, Lucinda Williams Music, 1988.

« I Guess They Call It Falling for a Reason », Trisha Yearwood, paroles de Jim Collins et Matraca Maria

Berg, in *Heaven, Heartache and the Power of Love*, Big Machine, 2007.

« Vice », Miranda Lambert, paroles de Shane L. McAnnally, Josh Osborne et Miranda Lambert, in *The Weight of These Wings*, produit par Frank Liddell, Eric Masse et Glenn Worf, Vanner Records/RCA Records Label Nashville, Sony, 2016.

« Did I Shave My Legs for This », Deana Carter, paroles de Deana Carter et Rhonda Hart. in *Did I Shave My Legs for This*, Capitol Nashville, 1995.

« Runnin' Just in Case », Miranda Lambert, paroles de Miranda Lambert et Gwen Sebastian, in *The Weight of These Wings*, produit par Frank Liddell, Eric Masse et Glenn Worf, Vanner Records/RCA Records Label Nashville, Sony, 2016.

« Love Is Just a Four Letter Word », Joan Baez, paroles de Bob Dylan, in *Any Day Now*, Vanguard Records, 1968.

« Dat's Love », Dorothy Dandridge, in *Carmen Jones original soundtrack*, Old Style, 1954.

« Rose Garden », Lynn Anderson, paroles de Joe South, in *Rose Garden, Columbia Records*, 1970.

« Take It to The Limit », The Eagles, paroles de Frey Glenn Lewis, Henley Donald Hugh and Meisner Randy, in *One of these nights*, Elektra Records/Asylum Records, 1975, repris par Waylon Jennings et Willie Nelson, in *Take It to the Limit*, produit par Chips Moman, Columbia Records, 1983.

Composition Maury-Imprimeur

Cet ouvrage a été imprimé
CPI Firmin-Didot au Mesnil-sur-l'Estrée
pour le compte des Éditions Grasset
en avril 2021.

PAPIER À BASE DE FIBRES CERTIFIÉES

Grasset s'engage pour l'environnement en réduisant l'empreinte carbone de ses livres. Celle de cet exemplaire est de :
500 g éq. CO_2
Rendez-vous sur www.grasset-durable.fr

N° d'édition : 22002 – N° d'impression : 163400
Dépôt légal : mai 2021
Imprimé en France